Wenn es Winter wird

Die schönsten Geschichten, Lieder und Gedichte

Herausgegeben von
Julia Gommel-Baharov

FISCHER Taschenbuch

MIX
Papier aus verantwortungsvollen Quellen
FSC® C014496
FSC
www.fsc.org

2. Auflage: Oktober 2019

Originalausgabe

Erschienen bei FISCHER Taschenbuch
Frankfurt am Main, Oktober 2019

Satz: Dörlemann Satz, Lemförde
Druck und Bindung: GGP Media GmbH, Pößneck
Printed in Germany
ISBN 978-3-596-90718-2

INHALT

Der Winter hat sich angefangen,
Der Schnee bedeckt das ganze Land …

Von drauß' vom Walde komm ich her;
Ich muss euch sagen, es weihnachtet sehr!

Und wieder hier draußen ein neues Jahr –
Was werden die Tage bringen?!

Mag da draußen Schnee sich thürmen,
Mag es hageln, mag es stürmen ...

Kling, Glöckchen, klingelingeling ...

Der Winter hat sich angefangen,
Der Schnee bedeckt das ganze Land …

Der Winter

Das Feld ist kahl, auf ferner Höhe glänzet
Der blaue Himmel nur, und wie die Pfade gehen,
Erscheinet die Natur, als Einerlei, das Wehen
Ist frisch, und die Natur von Helle nur umkränzet.

Der Erde Stund ist sichtbar von dem Himmel
Den ganzen Tag, in heller Nacht umgeben,
Wenn hoch erscheint von Sternen das Gewimmel,
Und geistiger das weit gedehnte Leben.

Novemberlied

Dem Schützen, doch dem alten nicht,
Zu dem die Sonne flieht,
Der uns ihr fernes Angesicht
Mit Wolken überzieht;

Dem Knaben sei dies Lied geweiht,
Der zwischen Rosen spielt,
Uns höret und zur rechten Zeit
Nach schönen Herzen zielt.

Durch ihn hat uns des Winters Nacht,
So häßlich sonst und rauh,
Gar manchen werten Freund gebracht
Und manche liebe Frau.

Von nun an soll sein schönes Bild
Am Sternenhimmel stehn,
Und er soll ewig hold und mild
Uns auf und unter gehn.

JOHANN RIST

Auf die nunmehr angekommene kalte Winterszeit

Der Winter hat sich angefangen,
Der Schnee bedeckt das ganze Land,
Der Sommer ist hinweggegangen,
Der Wald hat sich in Reif verwandt.

Die Wiesen sind von Frost versehret,
Die Felder glänzen wie Metall,
Die Blumen sind in Eis verkehret,
Die Flüsse stehn wie harter Stahl.

Wohlan, wir wollen von uns jagen
Durchs Feu'r das kalte Winterleid,
Kommt, laßt uns Holz zum Herde tragen
Und Kohlen dran, jetzt ist es Zeit.

Laßt uns den Fürnewein hergeben
Dort unten aus dem großen Faß,
Das ist das rechte Winterleben:
Ein heiße Stub und kühles Glas.

Wohlan, wir wollen musizieren
Bei warmer Luft und kühlem Wein,
Ein ander mag sein Klagen führen,
Den Mammon nie läßt fröhlich sein.

Wir wollen spielen, scherzen, essen,
Solang uns noch kein Geld gebricht,
Doch auch der Schönsten nicht vergessen,
Denn wer nicht liebt, der lebet nicht.

Wir haben dennoch g'nug zu sorgen,
Wann nun das Alter kommt heran,
Es weiß doch keiner, was ihm morgen
Noch vor ein Glück begegnen kann.

Drum will ich ohne Sorge leben,
Mit meinen Brüdern fröhlich sein,
Nach Ehr und Tugend tu ich streben,
Den Rest befehl ich Gott allein.

Im Winter

Der Acker leuchtet weiß und kalt.
Der Himmel ist einsam und ungeheuer.
Dohlen kreisen über dem Weiher
Und Jäger steigen nieder vom Wald.

Ein Schweigen in schwarzen Wipfeln wohnt.
Ein Feuerschein huscht aus den Hütten.
Bisweilen schellt sehr fern ein Schlitten
Und langsam steigt der graue Mond.

Ein Wild verblutet sanft am Rain
Und Raben plätschern in blutigen Gossen.
Das Rohr bebt gelb und aufgeschossen.
Frost, Rauch, ein Schritt im leeren Hain.

Vier Jahrszeiten

Winter

85

Wasser ist Körper und Boden der Fluß. Das neuste Theater
Tut, in der Sonne Glanz, zwischen den Ufern sich auf.

86

Wahrlich, es scheint nur ein Traum! Bedeutende Bilder des Lebens
Schweben, lieblich und ernst, über die Fläche dahin.

87

Eingefroren sahen wir so Jahrhunderte starren,
Menschengefühl und Vernunft schlich nur verborgen am Grund.

88

Nur die Fläche bestimmt die kreisenden Bahnen des Lebens;
Ist sie glatt, so vergißt Jeder die nahe Gefahr.

89

Alle streben und eilen und suchen und fliehen einander;
Aber Alle beschränkt freundlich die glättere Bahn.

90

Durch einander gleiten sie her, die Schüler und Meister,
Und das gewöhnliche Volk, das in der Mitte sich hält.

91

Jeder zeigt hier, was er vermag; nicht Lob und nicht Tadel
Hielte Diesen zurück, förderte Jenen zum Ziel.

92

Euch, Präconen des Pfuschers, des Meisters Verkleinerer, wünscht' ich,
Mit ohnmächtiger Wut, stumm hier am Ufer zu sehn.

93

Lehrling, du schwankest und zauderst, und scheuest die glättere Fläche.
Nur gelassen! du wirst einst noch die Freude der Bahn.

94

Willst du schon zierlich erscheinen? und bist nicht sicher. Vergebens!
Nur aus vollendeter Kraft blicket die Anmut hervor.

95

Fallen ist der Sterblichen Los. So fällt hier der Schüler,
Wie der Meister; doch stürzt dieser gefährlicher hin.

96

Stürzt der rüstigste Läufer der Bahn, so lacht man am Ufer;
Wie man bei Bier und Tabak über Besiegte sich hebt.

97

Gleite fröhlich dahin, gib Rat dem werdenden Schüler,
Freue des Meisters dich, und so genieße des Tags.

98

Siehe, schon nahet der Frühling; das strömende Wasser verzehret
Unten, der sanftere Blick oben der Sonne, das Eis.

99

Dieses Geschlecht ist hinweg, zerstreut die bunte Gesellschaft;
Schiffern und Fischern gehört wieder die wallende Flut.

100

Schwimme, du mächtige Scholle, nur hin! und kommst du als Scholle
Nicht hinunter, du kommst doch wohl als Tropfen ins Meer.

An der Ecke

Der Winter kommt und mit ihm meine Alte,
die an der Ecke stets Kastanien briet.
Ihr Anditz schaut aus einer Tücherspalte
froh und gesund, ob Falte auch bei Falte
seit vielen Jahren es durchzieht.

Und tüchtig ist sie, ja, das will ich meinen;
die Tüten müssen rein sein, und das Licht
an ihrem Stand muß immer helle scheinen,
und von dem Ofen mit den krummen Beinen
verlangt sie streng die heiße Pflicht.

So trefflich schmort auch keine die Maroni.
Dabei bemerkt sie, wer des Weges zieht,
und alle kennt sie – bis zum Tramwaypony;
sie treibts ja Jahre schon, die alte Toni …
Und leise summt ihr Herd sein Lied.

Heilige Winternacht

Die überschneiten Felder funkeln wie polierter Stahl,
bis an die nachtschwarz vorgeschobene Wälderküste.
Alleen schneiden, schroff wie zackige Gerüste,
der Schimmerflächen wechselndes Opal.

Wie eine ungeheure Kuppel steigt der Mond herauf.
Weißgelbe Wolken flattern: aufgebläht wie Fahnen,
die sich in Prozessionen um Monstranz, Soutanen
und Opferschreine scharen. Und wie Knauf an Knauf

auf Schäften hingespitzt, erblitzen die Gestirne.
Nacht schauert, überrauscht vom orgelnden Orkan,
stumm-fromm zusammen. Aller Unrast abgetan
ragen des Dorfes Dächer auf: steilsteif wie Firne

und spiegeln, wie um letzte Schwärze abzuschwächen,
die weißen Giebel in den zugefrornen Bächen.

Winter

Der Triefbart zackt vereist vom Regenrohr.
Nordost steift wölfisch das gespitzte Ohr.

Ein Stern friert bläulich an, von Dunst umdickt.
Der Neuschnee klingelt glasbehängt und tickt.

Und Krähen schwimmen in den Acker schwer,
Der starre Wellen schlägt, ein schweigend Meer.

Ich steh am Uferwege, welk und klein,
Und senkte gern der Schäumeflut mich ein,

Die Fischernetze toter Amseln schleppt,
In steinern grünlich dunklen Abend ebbt.

Leicht splittert von der Wunde meiner Brust,
Dem schwarzen Kreis, ein Vogel ab: Gekrust.

Der Schneeglanz spült ihn hin: verdorrter Klang,
Der Regenbogen über Wälder sang.

Ich blieb. Durch meine Lider stichelt Reif.
Und hinterm Auge, weit, zerfließt ein Streif

In Grau und Rosa. Blaß verwischter Steig.
Ein Silberkelch, aprilner Pfirsichzweig,

Der leise, dichte Bienensüße weht.
Die Woge atmet in ein Scillabeet

Den stummen Fittich aus: er dehnt sich matt …
Kalt bleicht die Mondstirn, die kein Antlitz hat.

Gen Süden! Gen Süden!

Der erste Reisetag.

Sonnabend, 1. Oktober.

Niels Holgersen saß auf dem Rücken des weißen Gänserichs und sauste hoch oben in den Wolken dahin. Einunddreißig Wildgänse flogen in wohlgeordneter Folge schnell gen Süden. Es rauschte in ihren Federn, und die vielen Flügel peitschten die Luft mit einem kreischenden Laut, daß man kaum sein eigenes Wort verstehen konnte. Akka von Kebnekajse flog an der Spitze, hinter ihr kamen Yksi und Kaksi, Kalme und Neljä, Viisi und Kuusi, der Gänserich Martin und Daunfein. Die sechs jungen Gößel, die sich im Herbst der Schar angeschlossen, hatten sie jetzt verlassen, um ihr Glück auf eigene Faust zu versuchen. Statt dessen hatten die alten Gänse zweiundzwanzig Gößel bei sich, die im Laufe des Sommers im Felsental herangewachsen waren. Elf davon flogen rechts und elf links, und sie gaben sich redliche Mühe, um denselben Abstand untereinander innezuhalten wie die großen Gänse.

Die armen Jungen hatten noch nie eine lange Reise gemacht, und im Anfang wurde es ihnen schwer, dem schnellen Flug zu folgen. »Akka von Kebnekajse! Akka von Kebnekajse!« riefen sie in jämmerlichem Ton. – »Was gibt's?« fragte die Führergans. – »Unsere Flügel sind müde von dem vielen Bewegen! Unsere Flügel sind müde von dem vielen Bewegen!« schrien die Jungen. – »Je länger ihr weitersteigt, um so besser wird es gehen!« antwortete die Führergans und flog auch nicht im geringsten langsamer, sondern ebenso schnell wie bisher. Und es schien wirklich, als solle sie recht bekommen, denn als die Gößel ein paar Stunden geflogen waren, klagten sie nicht mehr über Müdigkeit. Im Felstal waren sie aber gewöhnt gewesen, den ganzen Tag zu fressen, und so währte es denn nicht lange, bis sie sich nach Nahrung sehnten.

»Akka, Akka, Akka von Kebnekajse!« riefen die jungen Gänse mir kläglicher Stimme. – »Was gibt's denn jetzt schon wieder?« fragte die Führergans. – »Wir sind so hungrig, daß wir nicht weiter fliegen können,« schrien die Jungen. »Wir sind so hungrig, daß wir nicht weiter stiegen können.« – »Wilde Gänse müssen es lernen, Luft zu essen und Wind zu trinken,« antwortete die Führergans und hielt nicht an, sondern setzte ihren Flug genau so fort wie bisher.

Es schien auch fast, als lernten die Jungen, von Luft und Wind zu leben, denn als sie eine Weile geflogen waren, klagten sie nicht mehr über Hunger. Die Schar der wilden Gänse war noch oben zwischen den Bergen, und die alten Gänse riefen mit lauter Stimme den Namen aller Berggipfel, an denen sie vorüberflogen, damit die Jungen lernen sollten, wie sie hießen. Aber als sie eine Zeitlang gerufen hatten: »Das ist Porsutjåkko, das ist Sarjektjåkko, das ist Sulitelma!« wurden die Jungen wieder ungeduldig.

»Akka, Akka, Akka!« riefen sie mit herzzerreißender Stimme. – »Was gibt's denn?« fragte die Führergans. – »Wir haben keinen Platz für mehr Namen in unserm Kopf!« schrien die Jungen. »Wir haben keinen Platz für mehr Namen in unserm Kopf!« – »Je mehr in einen Kopf hineinkommt, um so besser Platz wird darin!« antwortete die Führergans und fuhr fort, die merkwürdigen Namen geradeso zu rufen wie bisher.

Niels Holgersen dachte bei sich, es sei wirklich an der Zeit, daß die Wildgänse gen Süden zögen, denn da war so viel Schnee gefallen, daß die Erde, so weit man sehen konnte, ganz weiß war. Es ließ sich auch nicht leugnen, daß es in der letzten Zeit im Felsental recht ungemütlich gewesen war. Regen und Sturm und dichter Nebel hatten unablässig miteinander abgewechselt, und klarte sich das Wetter ausnahmsweise einmal auf, so trat sofort Frost ein. Beeren und Pilze, von denen der Junge während des Sommers gelebt hatte, erfroren oder verfaulten, so daß er schließlich rohe Fische essen mußte, und das mochte er gar nicht gern. Die Tage waren kurz, und die langen Abende und der späte Tagesanbruch waren zu trübselig und langweilig für ihn gewesen, der nicht genau so lange schlafen konnte, wie die Sonne vom Himmel verschwunden war.

Jetzt hatten die Gößel endlich so große Flügel bekommen, daß die Reise gen Süden angetreten werden konnte, und der Junge war so froh darüber, daß er fortwährend lachte und sang, wie er auf dem Rücken des Gänserichs dahinflog. Aber nicht nur, weil es dunkel und kalt und mit der Nahrung karg bestellt gewesen, hatte er sich von Lappland fortgesehnt, nein, er hatte auch noch andere Gründe.

In den ersten Wochen, die er dort war, hatte er wahrlich kein Heimweh gehabt. Es war ihm, als sei er nie in einem so schönen Lande gewesen, und er hatte keine andere Sorgen, als achtzugeben, daß die Mückenschwärme ihn nicht ganz auffraßen. Der Junge hatte nicht viel Freude von dem Gänserich Martin, denn der große Weiße hatte keinen andern Gedanken, als für Daunfein zu sorgen, und wich keinen Schritt von ihr. Aber dann hatte er sich an die alte Akka und an den Adler Gorgo gehalten, und die drei hatten manch eine vergnügte Stunde miteinander verbracht. Sie nahmen ihn auf lange Flüge mit. Der Junge hatte auf dem Gipfel des schneebedeckten Kebnekajse gestanden und auf die Gletscher hinabgesehen, die sich unterhalb des steilen, weißen Bergkegels ausbreiteten, und er war auch auf vielen anderen hohen Bergspitzen gewesen, die nur selten der Fuß eines Menschen betreten hat. Akka zeigte ihm verborgene Täler mitten zwischen den Bergen und ließ ihn in Felsschluchten hineinlugen, wo die Wölfinnen ihre Jungen großzogen. Es versteht sich von selbst, daß er auch die Bekanntschaft der zahmen Rentiere machte, die in großen Herden am Ufer des schönen Torne Träsk weideten, und daß er unten am Stora Sjöfall gewesen war und den Bären, die dort in der Gegend wohnten, Grüße von ihren Verwandten im Bergdistrikt gebracht hatte. Wohin er auch kam, überall war das Land schön und herrlich. Er war auch von Herzen froh darüber, daß er es hatte sehen dürfen, aber er hatte gerade keine Lust, dort zu wohnen. Er konnte nicht umhin, Akka recht zu geben, wenn sie sagte, dies Land könnten die schwedischen Ansiedler verschonen und es den Bären, Wölfen, Rentieren, Wildgänsen und Bergvögeln überlassen und den Wanderratten und den Lappen, die dazu geschaffen sind, dort zu leben.

Eines Tages war Akka mit ihm nach einer der großen Grubenstädte geflogen, und da fand er den kleinen Mads von einem Sprengschuß zerschmettert an einer Grubenöffnung liegen. In den folgenden Tagen dachte der Junge an nichts weiter, als wie er dem armen Gänsemädchen Aase helfen könne, aber als sie dann ihren Vater gefunden hatte und er nichts mehr für sie zu tun brauchte, streifte er am liebsten in dem Felstal umher, und von nun an sehnte er sich nach dem Tage, wo er mit dem Gänserich Martin heimkehren und wieder ein Mensch werden würde. Er wollte doch gern so werden, daß das Gänsemädchen Aase wieder mit ihm zu sprechen wagte und ihm nicht die Tür gerade vor der Nase zuschlug.

Ja, er war wirklich selig, als es jetzt gen Süden ging. Er schwenkte die Mütze und rief Hurra, als er den ersten Tannenwald sah, und ebenso begrüßte er das erste graue Ansiedlerhaus, die erste Ziege, die erste Katze und die ersten Hühner. Er flog über prachtvolle Wasserfälle hin, und zu seiner Rechten sah er schöne Berge liegen, aber an all dergleichen war er jetzt so gewöhnt, daß er sich kaum die Mühe machte, einen Blick darauf zu werfen. Etwas ganz anderes war es, als er gleich im Osten der Berge die Korickjocker Kapelle mit dem kleinen Pfarrhaus und dem kleinen Dorf liegen sah. Er fand das so schön, daß ihm Tränen in die Augen traten.

Während der ganzen Zeit trafen sie Zugvögel, die jetzt in weit größeren Scharen als im Frühling dahergeflogen kamen. ›Wo wollt ihr hin, Wildgänse?‹ riefen die Zugvögel. ›Wo wollt ihr hin?‹ – ›Wir wollen ins Ausland, ebenso wie ihr,‹ antworteten die Wildgänse. – ›Die Jungen sind ja noch nicht ordentlich flügge,‹ riefen die anderen. ›Die kommen niemals übers Meer mit so kleinen Flügeln!‹

Auch Lappen und Rentiere zogen nun geschäftig aus dem Gebirge herab. Sie kamen in guter Ordnung daher: ein Lappe ging an der Spitze des Zuges, dann kam die Herde mit den großen Rentieren in der ersten Reihe, darauf eine Reihe Lastrentiere, die die Zelte und andere Habseligkeiten der Lappen trugen, und schließlich sieben bis acht Menschen. Als die Wildgänse die Rentiere erblickten, ließen sie sich hinabsinken und riefen: ›Schönen Dank für den Sommer! Schönen Dank für den Sommer!‹ – ›Glückliche Reise und auf Wiedersehn im nächsten Jahr!‹ antworteten die Rentiere.

Aber als die Bären die Wildgänse sahen, zeigten sie mit den Tatzen auf sie, damit die Jungen sie sehen sollten, und brummten: ›Seht euch die an! Sie sind so bange vor ein wenig Kälte, daß sie nicht wagen, den Winter über hierzubleiben!‹ Und die alten Wildgänse blieben ihnen die Antwort nicht schuldig, sondern sie riefen den Gößeln zu: ›Seht euch die an! Sie liegen lieber das halbe Jahr und schlafen, statt sich die Mühe zu machen, gen Süden zu ziehen!‹

Unten in den Tannenwäldern saßen die jungen Auerhähne dicht zusammengekrochen, zerzaust und verfroren und sahen sehnsüchtig allen den großen Vogelscharen nach, die mit Jubel und Freude südwärts zogen. ›Wann kommt die Reihe an uns?‹ fragten sie die Auerhenne. ›Wann kommt die Reihe an uns?‹ – ›Ihr müßt daheim bleiben bei Mutter und Vater‹, antwortete die Auerhenne. ›Ihr müßt daheim bleiben bei Mutter und Vater.‹

Winter-Idyll

I

Schlitten klingeln durch die Gassen,
fußhoch liegt der Schnee geschichtet:
deutschem Winter muß man lassen,
daß er gar entzückend dichtet.

Und wir gehn, ein schneeweiß Pärchen,
Arm in Arm, mit heißen Wangen.
Welch ein süßes Wintermärchen
hält zwei Herzen heut gefangen!

II

Wie kann ein Tag voll so viel Schmerz
so wunderherrlich enden,
ein Abend an mein einsam Herz
so reiches Glück verschwenden!

Oh Mund, entflammt, oh Aug', entfacht
in schauerndem Begegnen! ...
Oh aller Wunder holder Nacht,
wie magst du so mich segnen! ...

II

Surre, surre, Rädchen,
hier sind tausend Fädchen
für ein Sonnenstrahlenzelt
um die weite, weite Welt!

Surre, surre, Rädchen,
denke doch! mein Mädchen
hat viel tausend Haare!
Reicht viel tausend Jahre!

Surre, surre, Rädchen,
tausend goldne Fädchen
wolln von dir zu Sonnenschein
heute noch gesponnen sein!

Am stillen Herd

»Am stillen Herd in Winterszeit,
Wann Burg und Hof mir eingeschneit,
Wie einst der Lenz so lieblich lacht,
Und wie er bald wohl neu erwacht:
Ein altes Buch, vom Ahn vermacht,
Gab das mir oft zu lesen; –
Herr Walter von der Vogelweid'
Der ist mein Meister gewesen.«

So ganz allein bin ich mit meinen Gedanken und mit meinen Büchern. Draußen liegt mattes Licht auf den verschneiten Feldern und Wäldern; in meinem Bankettsaal rührt sich kein Laut.

Manchmal sehe ich hinunter in den Hof. An dem uralten Sims über den Kemenaten hängen lange Eiszapfen, der Lindenbaum im weißen Kleide träumt am alten Schloßbrunnen, die Burgmauer sieht aus wie eine Schanze von Schnee. Nur ein paar kleine, grüne Tannen schauen neugierig in die Einsamkeit des Hofes. Sie schauen und schauen in ihrem ewigen Träumen.

Es ist alles regungslos. Ein Rabe sitzt manchmal auf dem Turme mir gegenüber – minutenlang, ohne sich zu rühren. Dann stehe ich auch bewegungslos, und zuweilen ist mir's, als sei ein Bann über mich gekommen und über alles um mich.

Es war mir um diese Zeit möglich, vieles zu lesen und zu genießen, für das ich sonst gar keinen Geschmack hatte. Herrn Walters Lieder las ich: nicht seine Kampf- und Trutzsprüche – wie paßten die in meinen Frieden! Ich hatte nichts mit dem großen Verschlagenen und Vergrämten gemeinsam als die Freude an der Natur und an der Liebe. Aber wenn ich ihn irren sah, um Brot dienen, um eine Heimat bitten und schelten und wettern, hie treu und dort wankend, und immer, immer die Liebe preisend, dann fühlte ich, daß er reich war.

Ich las auch Eichendorff.

»Im Walde liegt verfallen
Der alten Helden Haus,
Doch aus den Toren und Hallen
Bricht jährlich der Frühling aus.«

Das klingt ganz wie Walter Stolzings Lied. Immer die Frühlingshoffnung! Immer der Glaube an ein Künftiges.

Zuweilen kam der Sturm in der Nacht und peitschte den Schnee von den Bäumen. Dann las ich Amadeus Hoffmann. Es war mir nicht darum, das große Erzählergenie zu bewundern; an seinem Grausen wollte ich mich erregen, von seinem Wahnsinnsfieber mich durchrütteln lassen, die Furcht vor den dunkeln, gespenstischen Gestalten seiner Phantasie sollte mir ein Gegengewicht liefern gegen den Frieden, der mich am Tage einlullte.

Da blieb alles kritische Gefühl weit fort; da saß ich oft mit furchtsamen, großen Augen vor dem Buche, wie ein Bauernbursche am dunkeln Winterabende bei seiner Gespenstergeschichte. Wenn nur ein leises Knistern an mein Ohr drang, zuckte ich zusammen, und manchmal hätte ich mich nicht wegrühren können von meinem Stuhle.

Auch ein Blick durchs Fenster konnte dann meine Furcht nur mehren. Durch die Schneewolken gedämpft fiel das Mondlicht auf die einsame, tote Burg wie auf ein zerfallenes Grabmonument, und dann schaute ich aus nach Schatten, nach Gestalten, die aus den Mauern heraustreten würden auf den fahl beleuchteten Hof.

Oft auch fiel all das von mir ab. Dann wollte ich fort. Das gestehe ich offen. Am öftesten geschah es, wenn ich die Zeitung gelesen hatte.

Wenn ich von einem neuen Buche las, wollte ich's haben, und wenn ich ein Bühnenwerk besprochen fand, wollte ich's sehen.

Ja, einmal bekam ich große Lust, auf der elektrischen Straßenbahn zu fahren. Ein sonderbarer Appetit. Aber ich hatte ihn und will ihn hier nicht verschweigen. Wenn mich in jener Zeit ein großstädtischer Freund besucht hätte, oder auch nur einer von den Schock-Bekannten – ich hätte mich unbändig gefreut.

Im Hause war ja freilich eine großstädtische Dame: Fräulein von Soden. Aber die sah ich selten. Sie war stundenlang am Tage abwesend. Entweder lief sie Schlittschuh unten auf dem See im Wolfsgrunde, oder sie machte weite Streifzüge auf ihren Schneeschuhen.

Mich gelüstete es auch sehr nach dem Wintersport; aber mein Gesundheitszustand gestattete mir noch keine größere Anstrengung.

Die Mahlzeiten bekam ich von Anfang an für mich allein aufgetragen. »Separierte Bedienung« nannte das Herr Baumann. Auch nach Fräulein von Sodens Ankunft war es so geblieben.

So sah ich die Hausgenossen meist nur des Abends ein Stündchen. Dann war's allerdings immer recht hübsch. Das Klavier war in die Wirtsstube heruntergeschafft worden und da gab es denn recht oft eine ganz gediegene Unterhaltung.

Fräulein von Soden spielte täglich – ganz ohne Sträuben und immer mit derselben Meisterschaft, aber auch immer nur ein oder zwei Nummern. Dann wurde vorgelesen. Selten etwas Modernes. Dagegen viel Romantik, Tieck, Chamisso, auch die liebe Meisternovelle »Aus dem Leben eines Taugenichts«.

Waldhofer war ein warmer Freund der Romantik, Ingeborg schwärmte für die bunten, goldenen, unmöglichen Menschen und ihre Schicksale, Fräulein von Soden hielt sich immer schweigsam, und ich interessierte mich wenigstens für die Sache.

Etwas Naturalistisches, Hart-Wahres würde mich störend berührt haben in dieser Umgebung.

Mit Ingeborg schien eine Wandlung vor sich gegangen zu sein. So übermütig wie früher war sie selten. Sie träumte oft für sich hin und sah immer mit einer schwärmerischen Liebe auf Marianne von Soden. Sie hatte eine tiefe Verehrung für das wenig ältere Mädchen. Mir war sie eine Zeitlang ausgewichen, nachdem mir Baumann den »Goliath« ohne den bewußten Zettel zurückgebracht hatte.

Auch in bezug auf Ingeborg war es in mir still geworden. Diese trüben, schneeigen Dezembertage waren überhaupt die stillste Zeit meines Waldwinters.

Manchmal kam auch der Oberförster. Wenn Fräulein von Soden spielte, hörte er andächtig zu. Vom Vorlesen hielt er nicht viel; und als er einmal eine grausig-wilde Novelle Hoffmanns hatte mitanhören müssen, kam er nicht mehr wieder. Wenigstens abends nicht.

Gespielt wurde auch manchmal, aber immer nur Brettspiele und dann vorzugsweise Schach. Es geschah dann allemal dasselbe.

Baumann brachte die zwei Bretter und setzte die Figuren auf. Viel mehr verstand er vom Schachspielen nicht; aber dieses eine verstand er gründlich.

Waldhofer spielte mit mir und Ingeborg mit Marianne von Soden. Waldhofer war mir bedeutend überlegen und machte mich selbst oft auf einen günstigen Zug aufmerksam; Ingeborg dagegen mußte sich gewaltig das Köpfchen zerbrechen, um eine Partie wenigstens auf zwanzig Züge ausdehnen zu können.

Es geschah zuweilen, daß Marianne, wenn ihre Partnerin über ihren nächsten Zug in tiefes Grübeln versank, unser Spiel beobachtete, und ich bemerkte ein paarmal, daß ein leises, spöttisches Zucken um ihren stolzen Mund ging, wenn ich nicht den vorteilhaftesten Zug tat. Ich sah aber auch, wie sie manchmal selber die unbegreiflichsten Fehler machte, und hörte nicht sehr lange danach die jubelnde Ingeborg »Matt« ansagen.

Oft betrachtete ich ihr Profil, wenn sie, leicht über den Tisch gebeugt, am Schachbrett saß und das Lampenlicht einen warmen Schimmer über ihre fast zu streng reinen Züge goß. Es lag etwas Gebietendes in ihrem Wesen; ich hatte das Gefühl, daß sie die Fürstin eines ganzen Volkes sein könne, aber nicht das Weib eines Mannes. Und wenn sie dennoch dazu fähig wäre, so würde der Mann an ihr alles gewinnen oder alles verlieren – wohl alles verlieren.

Mit dem Heimatsgefühl, das mich in der Burg ergriffen, hatte ich mich den Hausgenossen gegenüber einer gewissen Nachlässigkeit hingegeben. Das wurde anders, als Fräulein von Soden auftauchte. Es war so, als ob in ihrer Nähe irgendwelche laxe Form unmöglich sei; sie gehörte zu den Frauen, die durch ihre bloße Anwesenheit erziehen.

Summa Summarum: Liebenswürdig erschien mir Fräulein von Soden nicht; ja, ich glaube, ich hätte sie ohne Bedauern aus der Burg wieder abreisen sehen. Für strenge, kalte Frauenbilder habe ich nie geschwärmt. Im Weibe suchte ich immer das Nachgiebige, Milde, Weiche, Mütterliche. Über ein trotziges Weib muß ich lachen, oder es widert mich an, je nachdem ich es ernst nehme oder nicht.

Daß ich über Marianne von Soden nicht lachen konnte, und daß sie mich auch nicht anwiderte, das ärgerte mich. Zumal sie doch so jung war. Ihr ganzes Wesen erschien mir oft unnatürlich, krankhaft bei ihren zwanzig Jahren.

Sie war wohl etwas Besonderes. Aber was ging mich das schließlich an? Ich war kalt-höflich zu ihr, wie sie zu mir. Einmal, nach beendetem Spiel machte Ingeborg ein kluges Gesichtchen und sagte:

»Es wundert mich, daß es unter den Schachfiguren so viele Männer gibt und nur eine einzige Dame.« Marianne lächelte.

»Ja, du kleine Philosophin, im Leben ist es anders, da gibt es sehr viele Damen und nur selten einen Mann.«

Das klang feindselig, geradezu herausfordernd; denn ich hatte gar keine Ursache, anzunehmen, daß mich Fräulein Soden zu den Seltenheiten zählte.

Ich wandte mich an Ingeborg.

»Es braucht im Schachspiel nicht viele Damen zu geben, Fräulein Ingeborg; die eine besitzt so ausgezeichnete Eigenschaften, daß die Qualität die mangelnde Quantität wettmacht.«

Da sah mir Marianne das erstemal voll ins Gesicht.

»Und was ist die Bedingung für diese ausgezeichneten Qualitäten? – Die Bewegungsfreiheit nach allen Seiten. Die Schachfigur hat sie, das Weib des Lebens hat sie nicht.«

»Vielleicht ist es doch gut so, mein gnädiges Fräulein! Das Leben sagt kein »gardez« an, wenn Gefahr im Verzuge ist.«

Sie lachte geringschätzig.

»Das braucht's gar nicht! Das ›gardez‹ ist nur für die Schwachen. Wer stark und nur ein bißchen vorsichtig ist, braucht keine Warnung.«

»Sie haben eine große Meinung von Ihrem Geschlecht.«

Sie zuckte die Schultern.

»Eine größere schon als vor der Spezies Mann im allgemeinen. Aber ich denke, das ist eine unfruchtbare Unterhaltung. Wenn ein Mann über die Frauen urteilt, ist's ja doch immer falsch.«

»Dann dürften bisher die Frauen überhaupt noch nicht richtig beurteilt worden sein.«

Sie sah mich zornig an.

»Ah – weil es wohl neben dem männlichen Urteil ein anderes gar nicht gibt?«

»Das will ich nicht sagen. Aber objektiv beurteilen kann man doch nur eine Sache, mit der man selbst nicht identisch ist.«

»Dann gäbe es keine Selbstkritik.«

»Die gibt es nach meiner Meinung auch wirklich nicht. Jeder ist in sich und seine Sache zu verliebt. Am meisten die Frauen.«

Ich war unhöflich; aber ich wollte es sein. Marianne bezwang sich mit ersichtlicher Mühe.

»Sie sind wie die anderen.«

»Ich habe mich noch nie für etwas Besonderes gehalten, gnädiges Fräulein.«

»Sie haben gar keine Achtung vor den Frauen!«

Ich mußte lächeln. Jetzt erschien sie mir jung und auch echt weiblich. Denn so weit über das Ziel hinausschießen kann im Wortkampfe eben nur das Weib.

»Sie leiten für mich betrübliche Folgerungen aus meinen Worten ab, gnädiges Fräulein! Achtung habe ich vor den Frauen, sogar ein recht reichliches Maß.«

»Aber Sie halten sie den Männern nicht ebenbürtig, nicht gleichwertig.«

»Nein, das allerdings nicht!«

Ich fing an mich zu belustigen. Fräulein Marianne aber kam aus der Fassung. Gezwungen lachte sie auf.

»Womit wollen Sie denn diese bescheidene Behauptung beweisen?«

»Der Beweis könnte sehr lang werden.«

»Je länger ein Beweis ist, desto schwächer ist er.«

»Ich meine: ich könnte sehr viel zum Beweise anführen.«

»Zum Beispiel?«

»Zum Beispiel: die Unfähigkeit der Frauen zur großen Produktion in der Kunst.« »Ah, Sie wollen doch nicht sagen, daß es keine bedeutende Dichterin, Malerin, Bildhauerin gäbe?«

»Ich sage, daß die Frauen sehr Angenehmes geleistet haben, aber daß sie über die Nummer Zwei nicht hinauskommen.«

Sie war fürchterlich verärgert.

»So, und Sie? Sind Sie etwa eine Nummer Eins?«

»Aber gnädiges Fräulein, was ist das für ein Einwand! Ich denke, wir wollen doch sachlich bleiben?«

»Ich will Ihnen etwas sagen: Tausend und aber tausend Männer im Deutschen Reiche erhalten alljährlich die beste Ausbildung. Von den Millionen wird einer in seinem Fache in einem Jahrhundert eine Nummer ›Eins‹. Die anderen – du lieber Gott, die meisten dürften eine zweistellige Zahl nötig haben. Uns Frauen ist von Anbeginn an der Weg zu dem Brunnen der Weisheit verwehrt gewesen. Das ist die alte Barbarei, wie bei den Griechen und Römern, so jetzt bei den Deutschen. Und da stellt sich dieses robuste und nur darum in der Welt so ungerecht bevorzugte Geschlecht großspurig hin und fühlt sich groß, hie und da eine Nummer Eins zu haben, während wir uns mit dem zweiten Range begnügen müssen.«

»Wenn die Genialität an dem sogenannten Brunnen der Weisheit geschöpft werden kann, dann haben Sie ganz recht, gnädiges Fräulein.«

»Wenn der Herr Doktor belieben, so werden die kalbsledernen Halbstiefel besohlt werden müssen«, mischte sich Herr Baumann, der nach leisem Klopfen eingetreten war, in unsere Unterhaltung und wies das corpus delicti vor.

Sein Erscheinen wirkte wie eine Wohltat.

»Ja, natürlich, Baumann, nur immer zum Schuster! Da brauchen Sie gar nicht erst zu fragen. Das überlasse ich alles Ihrem Ermessen.«

»Dann werde ich die Absätze auch bald mitmachen lassen; denn die sind ein bißchen schief. Und dem gnädigen Fräulein seine Wintermütze sind immer noch nicht ganz fertig bei der Putzmacherin.«

»Ich brauche sie nicht so nötig, Baumann.«

»Ganz wie das gnädige Fräulein befehlen.«

»Ich möchte aber auch den Herrn Doktor erinnern, daß der andere Herr Doktor gesagt hat, der Herr Doktor sollen spätestens um zehn Uhr zu Bett gehen. Und es ist jetzt schon zehn Minuten darüber.«

»Richtig, Baumann, Sie haben recht – es ist zehn Minuten nach zehn! Ich komme augenblicklich. Baumann! Mein gnädiges Fräulein, ich bin sehr gern bereit, Ihnen ein anderes Mal Revanche zu geben.«

»Revanche? Sie glauben doch nicht, daß Sie für heute den Sieg davongetragen haben?«

»Das hoffte ich!«

Sie hatte wohl eine scharfe Erwiderung auf der Zunge, da mischte sich Waldhofer hinein.

»Die Partie ist remis«, entschied er. Er wußte wohl, daß ich die ganze Unterhaltung nicht ernst nahm. Da kam endlich auch die kleine Ingeborg zu Worte.

»Nein, Marianne, was hast du? Ich habe immer die Männer für viel klüger gehalten als uns.«

Marianne küßte sie auf die Stirn.

»Natürlich, Kind, dafür werden dich die Männer auch sehr lieben.«

Ich war in guter Laune; wie es schien, auch die anderen, ausgenommen Marianne.

»Baumann, was sagen Sie denn dazu?« so fragte ich. »Wer kann mehr, die Männer oder die Frauen?«

Baumann, dergestalt als höchste Instanz in einem Meinungsstreite angerufen, machte ein wichtiges Gesicht. Er drückte sich aber doch um eine klare Entscheidung vorsichtig herum. »Ich will mich nicht gerade überheben, Herr Doktor«, sagte er, »aber was mich und meine Alte anbelangt, da is kein Zweifel dran, wer mehr kann. Das bin ich!«

Alles lachte. Nur Fräulein von Soden war der Spaß gegen den Geschmack.

»Na, und warum sind unter den vielen Schachfiguren so viele Männer und nur eine einzige Dame?« fragte ich unbeirrt weiter.

Baumann lächelte schlau.

»Hm«, machte er, »weil eben die Männer mehr Zeit zum Spielen haben als die Weiber.«

Jetzt lächelte sogar Marianne.

In bester Stimmung ging ich in mein Schlafzimmer. Baumann brachte mir einen Nachttrunk und meldete mit besorgtem Gesicht, daß es nun wirklich schon in fünf Minuten halb elf wäre. Trotzdem blieb er stehen.

»Sollten der Herr Doktor doch mal mit dem Fräulein von Soden reden, daß sie nicht so lange liest in der Nacht.«

»Woher wissen Sie denn das, Baumann?«

»Ich geh in den Hof und guck zum Fenster hinauf, wenn der Herr Doktor nichts dagegen haben. Gestern war bis um halb zwei Licht.«

»Da tut es Ihnen wohl leid ums Petroleum?«

»Wenn der Herr Doktor gestatten, so bin ich nie geizig. Aber das Fräulein schadet ihrer Gesundheit. Sie hat schon dreiundeinhalb Pfund abgenommen bei uns.«

»Und das geht Ihrer Frau gegen die Küchenehre, nicht wahr? Das verstehe ich! Ja aber, lieber Freund, was kann ich dabei tun? Das Fräulein würde sich's wahrscheinlich gründlich verbitten, wenn ich ihr gute Lehren geben wollte.«

Baumann schüttelte den Kopf.

»Nein! Das Fräulein hat sehr großen Respekt vor dem Herrn Doktor.«

Ich lachte.

»Oho, Baumann, da täuschen Sie sich schauerlich!«

Baumann schüttelte abermals den Kopf.

»Ich täusche mich nicht; denn das Fräulein hat einmal zu Ingeborg gesagt: Der Herr Doktor seien wirklich der erste junge Mann, der ihr mal imponiert hätte.«

»So, so, Baumann! Es ist gut! Schlafen Sie wohl!«

In meiner alten Bettstelle lag ich noch lange wach. Fräulein von Soden fing mich doch an zu interessieren. Ich brachte es nicht fertig, sie – wie man im Deutschen so schön sagt – unter die Rubrik der emanzipierten Frauen zu registrieren, und ich sann nach.

Waldhofers kurze Andeutungen, die er gemacht, ehe er zu dem Begräbnis abreiste, fielen mir ein. Es lag irgendein tiefer Schatten über Mariannens Familie. Die verstorbene Frau hatte getrennt von ihrem Manne gelebt. Das mußte bitter sein für die Tochter. Und dann hatte sie eine Schwester, die sie nicht besuchen mochte. Sie suchte lieber das einsame Haus im Walde auf, um bei den Bekannten ein Heim zu finden. Sie war eine friedensuchende Seele wie ich, und doch eine ganz andere.

Ich fühlte, daß ich jedenfalls ein glücklicherer Mensch sei als jene. Und danach beschloß ich mich in Zukunft einzurichten.

Als die alte Uhr auf dem Burgturme die Mitternachtsstunde verkündete, war ich noch wach. –

Dezembertage! Da liegt draußen die Natur im ersten und darum im allertiefsten Schlummer. Nichts passierte, was die Stille dieser Tage gewaltsam durchbrochen hätte.

Da wurde das Unbedeutende bedeutend. Alltägliches ins

Licht gerückt. Das Auge ward befähigt, die lieben Wunder im Mikrokosmos einer Häuslichkeit zu schauen und zu würdigen.

Wenn Frau Baumanns fleißige Finger Gänsefedern zerzupften, sah ich oft zu, und wenn ein kleiner Flaum aufflog und Ingeborg ihn emporblies zu immer größerer Höhe, folgte ich mit Behagen dem närrischen Spiele.

Weihnachten war nicht mehr fern. Da saß ich manchmal in der wohldurchwärmten Gast- und Wohnstube bei den jungen Mädchen, wenn ihre geschickten Hände arbeiteten für Christkindleins Magazine. Und dann empfand ich auch wieder etwas von dem Adventszauber der frohen Kindheit, und manchmal ging ich ans Klavier und spielte den Choral: »Tauet Himmel den Gerechten«, oder ich sang den kostbaren lateinischen Text, den ich immer besonders lieb gehabt habe, weil er mitten im Winternebel den Blick eröffnet auf einen Tag lichten Glanzes: »Ecce dominus veniet, et omnes sancti eius cum eo; et erit in die illa lux magna. Alleluja!«

Dann sangen die beiden Mädchen manchmal leise mit, und ich verfiel in Träumereien am Klavier. Weihnachtslieder spielte ich.

Ich habe immer gemerkt, daß wir dann alle drei rote Wangen hatten, auch Marianne. Wir waren noch jung, wir konnten uns noch erregen wie die Kinder. Das war ein großes Glück.

Nach und nach paßte sich auch Marianne mehr und mehr dem Familienkreise an. Es blieb zwar immer etwas Zurückhaltendes, beinahe Feierliches in ihrem Wesen; aber ein Teil der Strenge und Kälte wich einem weicheren Schimmer, der manchmal überging in eine milde Trauer. Ich suchte jetzt oft ihre Nähe und unterhielt mich gern mit dem klugen Mädchen.

In solcher Einsamkeit lernt man wieder, sich recht zu freuen. Jeden Donnerstag vormittag gab es unten im Dorfe frische Buttermilch, und jeden Sonnabend beim Fleischer frische Wellwurst. Das war ein Ereignis! Es ist nie vorgekommen, daß ich die Familienereignisse eines Donnerstags oder Sonnabends verpaßt hätte; ja, es hatte etwas Freudig-Erregendes, wenn Baumann mit der Blechkanne oder mit dem Deckelkörbchen abgeschickt wurde, um die kostbaren Genüsse herbeizuschaffen.

Ich hatte endlich auch durchgesetzt, daß ich mit Waldhofer und den beiden Mädchen zusammen speiste. Unsere Mahlzeit war meist einfach, aber immer ganz vorzüglich zubereitet, was ich zur Ehre der Frau Baumann besonders hervorhebe. Bei diesen Mahlzeiten herrschte immer ein angeregter, meist ein lustiger Ton. Ich bin ein Freund der leichten humoristischen Unterhaltung bei der Tafel und hasse alle Tischreden mühsamer Gelehrsamkeit oder angestrengten Witzes. Der Magen und die Seele zusammen geben ein schlechtes Gespann. Deshalb soll man die Seele ausspannen, wenn der Magen arbeiten muß und umgekehrt. Es kommt sonst nichts Rechtes dabei heraus.

Meine literarischen Arbeiten nahm ich in jener Zeit auch wieder auf und vervollständigte insonderheit die Notizen über meinen Winteraufenthalt auf der Burg. Aber ich legte oft mitten im Satze die Feder beiseite, wenn ich »unten« etwas Wichtiges witterte.

Für das kommende Weihnachtsfest wurde eine Krippe hergestellt. Die Oberleitung bei dem Kunstwerke hatte Baumann, der als Holzhacker in Holzarbeiten sehr bewandert war. Ich bekam die Kühe und Schafe auszuschneiden, durfte den Stern aufpappen und hatte die Genugtuung, daß auch einige meiner dekorativen Vorschläge von Baumann gewürdigt wurden.

Ein Fest fürs ganze Haus war's auch, wenn gebacken wurde. Wenn Baumann kunstverständig den Backofen heizte, war ich sicher mit den jungen Mädchen dabei. Ingeborg machte sich dann »nützlich« und trug an solchen Tagen ein leichtes, buntes Kattuntüchlein um den Kopf, das sie ganz allerliebst kleidete.

Ganz in der Nähe des Backofens lagen zwei Holzblöcke, ein großer und ein kleiner. Auf dem großen saßen die beiden Mädchen, auf dem kleinen saß ich, und dann schauten wir in die lodernde Glut und hörten auf das Knistern und Knacken der Scheite.

Für eine solche Gelegenheit habe ich einmal ein Märchen

vom Backofen ersonnen und den Mädchen erzählt. Ich will's hier mit aufschreiben.

Es waren zwei Waldgeisterlein, die liebten sich. Froner, das Männlein, wohnte in einer Eiche, und Holde, das Weiblein, wohnte in einer Tanne. Weil sie sich liebten, zankten sie oft. Darüber zankten sie, ob die Menschen treu seien oder nicht. Froner sagte »nein«, und Holde sagte »ja!« – und Holde wollte immer recht haben. Da kam einmal in einer stillen Nacht die Baumgöttin und sagte zu Holde: »Zieh aus, Töchterlein; denn morgen früh kommt der junge Bäcker und hackt deinen Baum um. Zieh dort in die kleine Fichte, in der kannst du die nächsten hundert Jahre ruhig wohnen.«

Holde zog aus, aber sie ging nicht in die kleine Fichte, sondern spielte die ganze Nacht im Walde und schlief gegen morgen ein. Da kam der junge Bäcker mit seiner Axt. Er sah die Holde und fand, daß sie sehr schön sei. Am meisten gefielen ihm die Haare; denn sie waren aus Gold, und der Bäcker war geizig. Er weckte also die Waldtochter auf und sagte ihr, daß er sie sehr liebe, weil sie so schön sei, und sie solle nur seine Frau werden. Holde war ein eitles Ding. Sie fand es über die Maßen lustig, eine Menschenfrau werden zu können, dachte nicht an Froner und wurde des Bäckers Braut.

Da kroch der arme Froner aus seiner Eiche heraus und in die Tanne hinein, in das verlassene Haus seines treulosen, schönen Liebchens, und bald darauf hackte der Bäcker die Tanne um.

Am Tage feierte der Bäcker Hochzeit mit Holde. Aber gegen abend warf er alle Gäste aus dem Hause und sagte, nun müsse er backen, daß seine Kunden frisches Brot hätten am anderen Morgen. Holde fand es gar nicht hübsch, daß die Feier so rasch endete, und zog ihrem Gatten ein schmollendes Gesichtlein. Der aber sagte, nun solle sie nur kein faules Ding sein, sondern einen Arbeitskittel anziehen und ihm die Tanne zersägen helfen. Da erschrak die schöne Holde im tiefsten Herzen. Die Reue kam über sie, aber auch die Furcht, und so zog sie an ihrem Hochzeitsabend einen häßlichen Arbeitskittel an und ergriff mit zitternden, blassen Fingern die große Säge, um ihr trautes Waldhaus vernichten zu helfen.

Als sie den Wipfel abschnitten, hörte sie ein leises Stimmlein durch das Surren der Säge:

»O wehe, du böses Weib,
Was marterst du meinen grünen Leib?
Ich war doch ein lustiges Sommerhaus,
Dein Auslugtürmlein jahrein, jahraus,
Nun willst du mich nicht mehr kennen,
Nun soll ich brennen!«

Und als sie ein Stückchen weiter sägten, klang wieder ein bittendes Stimmchen:

»Leg weg, was du in den Händen hast,
Ich bin ja des Eichhörnchens Schaukelast,
O Holde, du schneidest gar so sehr,
Eichhörnchen hat keine Wiege mehr!«

Und noch ein Stückchen weiter unten:

»Kohlmeislein hat sein Nest gebaut
Auf meinen Nadeln,
O Holde, du böse Menschenbraut,
Dich muß ich tadeln!«

Und dann zersägten sie den Stamm, da tönte Froners zürnende Stimme heraus aus dem Holze:

»Wehe, Wehe, ans Herz in der Brust
Dringt der scharfe Tod,
Wehe, Wehe, um Holdes Lust
Leide ich Not!
Froner wird in der Feuerglut

Heute noch sterben,
Holde, dich wird das Menschenblut
Morgen verderben!«

Da schrie das junge Weib laut auf und schleuderte die Säge beiseite. Die alte Liebe kam wieder. Hinein wollte sie in den Baum zu Froner.

Aber sie hatte schon einen Menschenleib und blieb schwer auf dem Stamme liegen.

Und als der Bäcker mit roher Hand nach ihr griff, da wollte sie fliehen, sich in den Wald retten. Aber ach, er war stärker – er band ihr die Hände.

Dann zersägte er allein den Stamm, spaltete das Holz und schleppte es zum Ofen.

Mit von Wahnsinn entsetzten Augen schaute ihm Holde zu. Als die Flammen auflohten, zerriß sie ihre Bande und stürzte zum Ofen. Das Feuer goß einen roten Schein über sie, und ihre goldenen Haare leuchteten auf.

Da wurden die Augen des Bäckers gierig, er griff in die schimmernden Locken und wollte sie abschneiden. In diesem Augenblicke scholl eine Stimme aus dem Ofen.

»Holde, hüte deine goldenen Haare!«

Froner war's, der in einem Scheite verbrannte.

Da griff das Weib hinein in die Glut, riß den lodernden Ast heraus, hob ihn hoch, hoch über das Haupt – das Scheit mit ihrem brennenden Liebsten – und schleuderte das Feuer in das hölzerne Haus.

Es starben alle – die Waldgeister und die Menschen.

Als ich dieses Märchen erzählte, hatte ich schöne Zuhörerinnen. Das Backfeuer warf einen roten Schein auf die jungen Mädchen und verschönte sie. Mein Märchen wurde gelobt, und dann wurde Ingeborg nach der Küche gerufen. Da war ich mit Marianne das erste Mal allein. Eine Weile sprachen wir nicht, nur auf das Knistern des Feuers hörten wir. Dann sagte sie:

»Die Menschenliebe bringt viel Leid.«

»Immer?«

»Immer! Schon deswegen, weil sie nicht bestehen kann.«

»Es tut mir leid um die gute Ingeborg.«

»Wieso um Ingeborg?«

»Sie wird heiraten. Meinen Bruder!«

Das traf mich. Ich konnte für den Augenblick nichts sagen; ich fühlte nur, daß Mariannens Augen fest auf mich gerichtet waren.

»Und das tut Ihnen leid?«

»Ja! Mein Bruder ist ein guter Mensch, wenigstens das, was man so nennt. Aber er hat auch andere schon geliebt. Wie alle! Ich hoffe, daß es äußerlich gut gehen wird.«

»Sie glauben an kein beständiges Glück, an keine Treue?«

»Nein! Dazu sind die Männer nicht fähig. Ingeborg sollte immer hier bleiben. Jetzt ist sie glücklich.«

»Aber sie würde es nicht immer sein. Da müßte sie ihren Vater immer haben und ewig jung bleiben. Und ich glaube doch, daß Sie alles viel zu dunkel sehen, gnädiges Fräulein. Ingeborg wird in der nächsten Zeit so viel Glück im Herzen tragen, daß es eigentlich ausreichend sein sollte für ein ganzes Leben.«

Da trat Marianne auf mich zu und sah mich prüfend an. Dabei wurde mir ganz beklommen. Sie hatte noch nie zuvor in einem wärmeren, persönlicheren Tone zu mir gesprochen. »Ich hoffe, daß ich Ihnen wegen Ingeborg nicht wehe getan habe«, sagte sie milde. »Ich wollte Sie nicht überraschen lassen, deshalb sagte ich es Ihnen. Die Verlobung ist schon zu Weihnachten.«

Wie war mir?

Es blieb still in der Seele, es zersprang da drinnen keine goldene Saite. – Ich hatte Ingeborg nicht geliebt – es war nur ein Spiel gewesen.

Das wußte ich nun.

Ich sah dem edlen Mädchen in die Augen.

»Ich habe Sie verstanden, und ich danke Ihnen! Nein, Sie haben mir nicht wehe getan! Ich bin mir ein wenig unklar gewesen und war überrascht jetzt, sonst nichts. Ich finde mich wieder und bin ganz ruhig. Und ich weiß jetzt auch, daß Sie ein warmes Herz haben.«

Sie lächelte ein wenig und reichte mir die Hand.

»Es freut mich, daß Sie mir das so sagen konnten, es freut mich wirklich um Ingeborgs und um Ihretwillen.«

Von drauß' vom Walde komm ich her;
Ich muss euch sagen, es weihnachtet sehr!

Knecht Ruprecht

Von drauß' vom Walde komm ich her;
Ich muß euch sagen, es weihnachtet sehr!
Allüberall auf den Tannenspitzen
Sah ich goldene Lichtlein sitzen;
Und droben aus dem Himmelstor
Sah mit großen Augen das Christkind hervor;
Und wie ich so strolcht' durch den finstern Tann,
Da rief's mich mit heller Stimme an:
»Knecht Ruprecht«, rief es, »alter Gesell,
Hebe die Beine und spute dich schnell!
Die Kerzen fangen zu brennen an,
Das Himmelstor ist aufgetan,
Alt' und Junge sollen nun
Von der Jagd des Lebens einmal ruhn;
Und morgen flieg ich hinab zur Erden,
Denn es soll wieder Weihnachten werden!«
Ich sprach: »O lieber Herre Christ,
Meine Reise fast zu Ende ist;
Ich soll nur noch in diese Stadt,
Wo's eitel gute Kinder hat.«
– »Hast denn das Säcklein auch bei dir?«
Ich sprach: »Das Säcklein, das ist hier:
Denn Äpfel, Nuß und Mandelkern
Fressen fromme Kinder gern.«
– »Hast denn die Rute auch bei dir?«
Ich sprach: »Die Rute, die ist hier;
Doch für die Kinder nur, die schlechten,
Die trifft sie auf den Teil, den rechten.«
Christkindlein sprach: »So ist es recht;

So geh mit Gott, mein treuer Knecht!«
Von drauß' vom Walde komm ich her;
Ich muß euch sagen, es weihnachtet sehr!
Nun sprecht, wie ich's hier innen find!
Sind's gute Kind, sind's böse Kind?

Rohrmoos im Winter

Im letzten Winkel des Reichs – dort, wo aus dem bayrischen Algäu die niedrigen Pässe nach Vorarlberg führen, liegt lautlose Dämmerung. Gewaltige Schneemassen bedecken das Hochthal und mitten drin liegt in einer erstarrten Welt, von Schnee halb begraben, ein warmes Nest, das einsame Gehöft Rohrmoos.

Über der weitausgedehnten Felsenmasse, die das Hochthal östlich begrenzt, schimmert der erste Tagesschein, der verkündet, daß hier über die Herrgottswände, die wie ein leichter, grauer Schatten aus dem Dämmerlicht sich abheben, die Sonne, wenn ihre Stunde gekommen ist, schauen wird. Erde und Himmel weiß, die ganze Atmosphäre wie aus zarten Eiskristallen gewoben.

Die unabsehbaren Schneemassen, die festgewurzelte Kälte, die eisige Dämmerung, all' diese kalten lebensfeindlichen Mächte umgeben das warme Nest mit solch unheimlicher Gewalt, als gelte es, diesen Unterschlupf von allerlei pulsierendem Leben aufzusaugen, jeden Tropfen, der sich dort birgt, zu erstarren. Alles aber, was sich auf dem dämmerigen Hof regt, atmet einen Überfluß von Wärme und Leben.

Aus den eisüberzogenen Stallfenstern fällt der rotgelbe Schein der Laternen, bei deren Licht schon seit Stunden in den Ställen und draußen auf dem zertretenen, strohuntermischten Schnee hantiert wird.

Wird eine Thür geöffnet, so quillt warmer Dampf in die Kälte hinaus und mit ihm die Brummchöre des Viehs.

Auf der Miststatt dampft es. Die Pfosten, welche das Erzeugnis des ansehnlichen Rohrmooser Viehstandes umgeben, sind durch diese warmen Dämpfe, die die großen Schneehauben auf ihnen tauen ließen, mit fußdicken bräunlichen Eiskrusten überzogen, die in sonderbaren Zapfen herunterhängen. Aus der großen Futterscheune duftet es nach gut eingebrachtem Heu, und der Geruch kräftiger Sommertage strömt in den starren Wintermorgen hinaus. Die Mägde und Knechte laufen über den Hof, blasen in die Hände und strömen auch warmen Dunst und Dampf aus, der sich ihnen als weißer Reif an Haar und Mütze festsetzt.

Alles was lebt, dampft auf Rohrmoos, die Pferde, die ein Knecht anschirrt, blasen ganze Wolken aus ihren Nüstern, hüllen sich damit gegenseitig ein, so daß ihnen Mähnen, Köpfe und Leiber wie in wogendem Nebel stecken.

An den großen, verdeckten Milchgefäßen, die aus den Ställen in die Molkerei geschafft werden, dampft das feuchtwarme Holz, jeder feuchte Strohhalm, der von den Knechten und Mägden aus den Ställen hinaus in den Schnee verschleppt wird, läßt ein Weilchen eine zierlich sich ringelnde Dunstsäule wie ein kleines Opfer emporsteigen.

Alles lebt der großen meilenweiten Schneewucht zum Trotz doppelt mächtig.

In der einfachen Stube des Wohnhauses sitzen vier Personen bei der Lampe, deren Schein jetzt schon von der Tagesdämmerung geschwächt wird, die weißbläulich zu den breiten Fenstern des Zimmers eindringt.

Schinken, Eier, frische Butter, Schwarzbrot und eine summende, brodelnde Kaffeemaschine stehen auf dem weißgedeckten Frühstückstisch und vier Personen sitzen daran. Ludwig Gastelmeier, einst Pächter, jetzt Besitzer von Rohrmoos, schaut nachdenklich vor sich hin, während er mit einem Fidibus die Pfeife anzündet.

Er ist ein gedrungener Mann, der in einer mächtigen braungehäckelten Weste steckt. Man denkt unwillkürlich bei seinem Anblick an allerlei Strapazen und Hantierungen, wie sie zu landwirtschaftlichem Betriebe gehören.

Sein Sohn Friedrich, der neben der Mutter und einem jungen, blonden Frauenzimmer sitzt, gleicht ihm. Er ist einen guten

Kopf kleiner als der Vater, doch auch breit, gedrungen gebaut. Die Augen sind die Augen des Alten, nur hat sich eine fleischigere Nase zwischen dieselben geschoben, so daß sie nicht so nah zu einander haben rücken können, wie die des Vaters.

Der Mund hat dieselbe feuchte Frische, die auf den Lippen des Alten liegt, und die dem Gesicht ein merkwürdig lebensvolles Ansehen giebt.

Niemand spricht etwas Zusammenhängendes. Ein Räuspern, eine kurze Frage, eine kurze Antwort, das Einschenken des Kaffees in die großen, weiten Tassen unterbricht die Stille.

Der Sohn ist offenbar im Reiseanzug.

Sein Pelz hängt an der Wand zwischen einer Auswahl stark angerauchter Pfeifen, zwischen Bastbündeln, Hirschgeweihen, Leinwandsäckchen mit Sämereien, was alles im behaglichen Durcheinander sich darstellt.

»Da wären wir denn so weit«, brummt der Alte, die Pfeife zwischen den Zähnen – »werden auch gleich die Sonne haben. Allons! mit der Lampe fort!«

»Siehst du«, fährt er nach einer Pause fort und bläst aus der Pfeife ein hellblaues, besonders kräftiges Gewölk, »siehst du, – da ist sie!«

Der Sohn steht jetzt neben ihm.

Die weißen, eisigen Nebel wogen mächtig an der langen Herrgottswand hin; ein goldpurpurner Funken glüht zwischen der Wand und dem leuchtenden weißen Himmel, der Schnee verliert das tote Weiß und schimmert rosig golden. Da war sie hervorgesprungen, die Sonne. Mit ihr zugleich hüpfen tiefblaue Riesenschatten ins Land hinein.

Die große beschneite Tanne, die ihre Zweige von dem Schnee beschwert an sich gedrückt hatte, wie ein Soldat die Arme, wenn der Vorgesetzte an ihm vorübergeht, wirft einen hellblauen spitzen Schatten dem Hause zu, und dieser Schatten sieht aus wie der Geist der weißeingehüllten und beschwerten Tanne, der von ihr abgesprungen ist und sich aus irgend einem Grunde in den Schnee gelegt hat.

»So, da ist sie schon wieder in den Nebel gekrochen«, sagt der alte Gastelmeier, »der gefällt's auf Rohrmoos nicht – kann's ihr nicht verdenken. Da hat sie gesehen, wie das bißchen Altstall da drüben stand und eine Käserei, daß Gott erbarm! – da machten wir's eine zeitlang damit, es blieb beim alten – dann wurde gebaut. Sie bekam einen Viehstand zu sehen im Lauf von zwanzig Jahren, wie hier herum keinen zweiten.

Sie kennt den alten Gastelmeier, hat ihn hier dreißig Jahre jeden Morgen gesehen, hat gesehen, wie er es sich sauer werden ließ, hat dann später die Frau gesehen, wie sie sich plagen mußte.

Sie hat auch gesehen, daß die beiden Leute einen Sohn hatten, und wird gedacht haben: Der kann lachen, die beiden Alten arbeiten für ihn wie die Pferde, der sitzt einmal warm hier. Aber prost Mahlzeit! Der läßt den Alten jetzt wieder einmal im Stich.«

Der Sohn hatte den Vater ruhig zu Ende sprechen lassen. Das war die Rede, die kam so oder so in allerlei Form jedesmal vor dem Abschied, gerade als wenn der Vater sie sich ausgedacht und einstudiert hätte. Immer fing er an, daß man meinen konnte, diesmal kommt er auf etwas anderes; – aber zuletzt da kam das »Prost Mahlzeit« – das Ende – die Unzufriedenheit, der Stachel, der im Herzen saß.

Auf des Sohnes treuherzigem Gesicht lag ein Ausdruck der Niedergeschlagenheit.

»'s ist auch so gut, Onkel«, sagte das junge, blonde Frauenzimmer. »Er thut halt, was er mag – und daß er's thun kann, das habt doch Ihr gemacht!« Dabei legte sie die Hand auf die Schulter der Mutter, die, über ihren Strickstrumpf gebeugt, während der Rede des Vaters Thränen vergossen hatte.

»Du thust dir jetzt leicht, Onkel, wenn du glaubst, der Friedel könnte ebensogut hier bleiben wie dort, als wenn ein Mensch thun könnte, was er nicht will. – Dich hätten's seiner Zeit in München in die Akademie stecken sollen – Jesus!«

»O, du!« sagte der stramme Alte, – »Nickel, was weiß denn du!«

»Daß man seine Leut' in Ruh lassen soll – was kannst denn du jetzt machen? – Schimpfen? – Das wär net übel und die Frau zum Weinen bringen. – Und alles ist so weit gut. – Er macht sein' Sach' brav und was er wollte, hat er erreicht – gerad' wie du.«

»So?« – der Alte schwieg und erwiderte nichts; er war aber nicht mehr schlecht gelaunt. Sie verstand es mit ihm. Er schaute auch mit einem Blick auf sie, als wollte er sagen: Laß nur, wann du so red'st laßt man sich's schon gefallen. – »Du Almkuh«, sagte er.

»Die Weibsleut' in der Stadt, die könnten mir passen«, fuhr er fort. »O du grundgütiger Esel!« Mit diesen Worten faßte er seinen Sohn an beiden Schultern und schaute ihn mit den scharfen kristallhellen Augen an. »Ein junges Weib, das im Juni und Juli beim Kuß nicht nach Erdbeeren und Erdgeruch duftet, nach frischem Laub und Heu – und Winters nicht nach Schnee und Luft und Kälte – – pfui Teufel – so ein, so ein muffiges, ungelüftetes Weib, das bring du mir einmal nicht! – Das wenigstens nicht! – Da, schau sie dir an – du Narr – so auf die Art!«

Er zeigte auf das Mädchen. Sie stand jetzt aufgerichtet vor dem Kaffeetisch, groß und kräftig, rosig, blond und ruhig.

»Keinen Stadtschmutzfink – keinen Stubenrauch, keinen solchen parfümierten Scharwenzel, wenn ich bitten darf.«

»Du bist ein schöner Bursch und die Mädel laufen dir nach, Junge – das thun sie einmal nicht anders. Denk daran: ein Kuß der nach Erdbeeren schmeckt, nach Erdgeruch und Sonne und frischer Luft – das ist was der Alte von Liebessachen versteht.« –

Der Sohn schaute lächelnd auf das Mädchen, das so gleichmütig dastand und die Hand der Frau gefaßt hielt.

»Ja, sieh sie dir nur an«, meinte der Alte.

Da lachte das Mädchen. »Friedel, nu schau, der möcht' mich dir anpreisen! – Ja, du«, wendete sie sich zu ihrem Onkel, »so eine Almkuh, wie du sagst, die ist nicht jedermanns Geschmack. Laß ihn nur – der geht seinen Weg auch ohne dich und ohne uns.«

Die Mutter war, während ihr Mann mit dem Jungen sprach, den eigenen Gedanken gefolgt. Sie hatte gedacht, daß er in diesem Zimmer geboren war, an die Jahre, während denen sein Bett neben dem ihren gestanden hatte. Sie empfand in der Erinnerung den weichen frischen Körper und wie er zu ihr jeden Morgen ins Bett gekrochen war, wie sie ganz eins sich mit ihm gefühlt hatte, wie er sie geliebt hatte, wie sie sein alles gewesen, – wie alles dahingeht.

Sie dachte daran, wie so nach und nach und doch fast mit einemmal seine Schultern mager, seine Beine lang und dünn wurden, nur das Hälschen blieb weich wie ein Maulwurfsfellchen, noch lange Zeit. Wie er ihr fremd wurde, auch nach und nach, und doch in der Erinnerung wie mit einemmal; wie sie den geliebkosten Körper gar nicht mehr kannte, gar keinen Teil mehr an ihm hatte, wie seine Augen ihr fremd wurden und auch sein Herz.

Und wie er ganz aus dem Hause kam, nur hin und wieder heimkehrte, immer ein andrer mit neuen Erlebnissen – immer derselbe, ihr Friedel, ihr lieber kleiner Friedel, den sie zaghaft an das Herz drückte. Sie wußte nicht mehr, was an ihm ihr eigen war und wußte nur das eine: sie liebte ihn und hätte ihn mit Freuden überschütten mögen. Sie war stolz auf ihn; aber was ihn so recht freute, so recht glücklich machte, das wußte sie nicht und konnte es sich nicht vorstellen.

»Friedel«, sagte die Frau mit einer eigentümlich befangenen, fast schüchternen Stimme, die mit ihrer kräftigen starken Erscheinung nicht in Einklang stand, »du gehst deine eigenen Wege, Gott giebt ja manchen Menschen eine Gabe, von der man nicht weiß, woher sie gekommen ist und wohin sie geht. Die schönen Arbeiten, die du mir in München gemacht, und all die Blättchen, die du früher zusammengekritzelt hast, hab' ich immer gut aufgehoben und meine Freud' dran g'habt; aber wenn es auch seine Richtigkeit hat«, fuhr sie bewegt fort, »wie weit so einem Talent zu trauen ist, weiß man doch nicht.

Siehst du, wenn du einmal fühlen solltest, daß du dich trotz allem getäuscht hast, komm zurück – ohne Scham. Erinnerst du dich, wie du als kleiner Bub' dich auf der Tanne vor unsrem Hause verstiegen hattest und nicht weiter konntest und wie du nicht um Hilfe rufen wolltest und uns nach dir suchen ließest, bis der Vater dich endlich entdeckte und dich ganz armselig wie du warst, herunterholte?« –

So etwas Ähnliches sagte auch sie jedesmal beim Abschied.

»Mutter, bis jetzt, so Gott will, hab' ich mich nicht verstiegen«, sagte er, und er gab ihr die kräftige Hand und küßte sie auf den Mund, und die Frau schlang die Arme ihm um die Schultern.

Der Vater trat an ihn heran und klopfte ihn auf den Rücken. »Laß ihn nun, Alte, 's ist Zeit. Wir müssen jetzt wieder allein miteinander auskommen.«

Anna war in ihren Pelz gekrochen und hatte den Kopf knapp mit einem weißen Tuch umhüllt. In ihrem Gesicht allein war keine Unruhe und Erregung zu bemerken. »Nun, Friedel, wären wir so weit, der Schlitten ist vor der Thür und dein Koffer ist auch schon aufgebunden«, sagte sie.

»Dann geh. – Mach's gut«, sagte der Alte. Anna öffnete die Thüre und ging voraus. Es lag in dem Wesen des Mädchens etwas Beruhigendes und Wohlthuendes.

Sie trug ein altes Pelzchen mit dunkelviolettem Wollstoff überzogen. Es sah aus wie ein Erbstück, das man ihr gegeben hatte, als sie groß genug gewesen war, und in das sie unbedenklich Winter für Winter schlüpfte, ohne irgendwelche andere Anforderungen an das Pelzchen zu stellen, als daß es seine Pflicht, sie warm zu halten, erfüllte. Sie stieg in den Schlitten, während Friedel noch den letzten Händedruck mit den Eltern tauschte.

Der alte Gastelmeier hielt seine Pfeife fest zwischen den Zähnen, schüttelte den Kopf kaum merklich und schaute dem Sohn scheinbar teilnahmlos nach.

Die Leute vom Hof standen ebenfalls ruhig und schweigend.

Abschied ist immer eine böse Sache.

In einem großen Bogen fuhr der Schlitten jetzt um die Dungstatt und an dem mit mächtigen Eiszapfen behangenen strohumbundenen Brunnen vorüber, auf dessen Knauf mitten im Schnee ein Tannenbäumchen mit bunten Netzen, Rosen und Bändern behangen, gesteckt war, der einzige bunte Fleck rundum.

»Sieh, der Weihnachtsbaum«, sagte das Mädchen und berührte die Schulter des Gefährten. Er sollte noch einen Blick darauf werfen.

Der alte Sepp vorn auf einem Heubund machte jetzt einen gewaltigen Buckel, schnalzte mit der Zunge, und wie ein Vogel fuhr der Schlitten die im Sonnenlicht leuchtende Schneebahn hinaus über die Hochebene hin.

In Rohrmoos ging ein jedes wieder an sein Tagewerk.

Der Schlitten aber fuhr jetzt thalab unter einzelnstehenden schneegebeugten Edeltannen hin, zwischen den hohen weißen Dämmen, die der mächtige Schneebrecher von Rohrmoos aufgeschichtet hatte.

Die knorrigen Latschkiefern, das Unterholz, das Eichengestrüppe, die niedern Nadelbäumchen waren so vergraben unter der schimmernden Last, daß man nicht ahnen konnte, was unter dem Schnee für sonderbare Gestalten steckten. Es war, als hockten überschneite Bärenfamilien in den tollsten Sprüngen erfroren unter dem Schnee, oder närrische Kerle, die miteinander schwatzten, zu einander gebeugt, oder tanzende Hexen, springende Schweine, zusammengekauerte Gestalten aller Art. Eine ganze Rätselwelt, von den weißen leuchtenden Massen überdeckt.

Die Luft war still, kein Windchen regte sich. Wenn der alte Sepp durch die heilige Stille die Peitsche schwang, rieselte der Kristallstaub von den Bäumen.

Der junge Mann saß schweigend und ruhig um sich schauend in den Schlitten zurückgelehnt. Der Druck des Abschiednehmens war von ihm gewichen und er ließ es sich wohl sein.

Das Stück Heimat, das da neben ihm saß, schien weder hindernd noch quälend auf sein Gemüt zu wirken.

Des Mädchens Blicke waren hin und wieder auf ihn gerichtet,

aber nicht dringlich, nicht mit der Aufforderung, irgend etwas zu thun oder zu lassen.

»Sieh, daß du deine Strümpf' ein bisserl in Ordnung hältst«, sagte sie nach langem Schweigen.

»Wie denn in Ordnung?«

»Wirst schon wissen, was ich meine.« Sie lächelte gut und heiter. »Das stellt sich so ein Mensch nicht vor, was für Not man mit ihm hat.«

»Große Not!« sagte er behaglich lachend. »Was du Not nennst!«

Sie lächelte ein wenig traurig – wie in Gedanken.

Dann waren sie wieder still miteinander und der Schlitten flog immer weiter, weiter wie ein Vogel.

Sie war eine gute Begleiterin, sie störte ihn wirklich nicht, und er hatte nicht das Gefühl, sie unterhalten zu müssen.

Es giebt Leute, die das Leben ihres Nebenmenschen als den Hauptstrom betrachten und sich selbst nur als Bächlein, das dem Strome nichts entzieht, sondern ihm seine eigenen Wellen leise, unmerklich zuträgt. Und so ein Strom bemerkt es kaum, verfolgt seinen Lauf gedankenlos weiter. Möglich, daß er, wenn die stillen Wellen, die ihn stärken, einmal ausbleiben, den Verlust bemerken wird.

»Sag' einmal, Anne, du könntest doch bald einmal wieder in die Stadt kommen?«

»Ja, wie soll ich denn abkommen?« Und nach einer Pause fragte sie weiter: »Aber du, mit deiner Wohnung, wie ist denn das – gehst du denn doch wieder in die alte?«

»Ich denk' schon.«

»Nein, du mußt dir eine andere nehmen, sei nicht so faul, Friedel. In der Salzstraße stecken zu bleiben – wie kannst du nur! Wie wir bei dir waren, verging mir Hören und Sehen!«

»Da solltest du einmal nachts dasein. Das ist, wenn man nicht wie ein Bär schläft, zum aus der Haut fahren. Mir, gottlob, macht's nichts – nur ein paarmal – da wurde ich aber wütend. – Wie du gelacht haben würdest, wenn du mich hättest sehen können! Stell dir vor, ich konnte nicht einschlafen und hörte die ganze Geschichte, alles, was sie da treiben – was man sonst so verschläft. – Ein solcher Bahnhof in der Nacht ist die Hölle! – Stockdunkel – und aus der Dunkelheit Töne und ein Würgen und Arbeiten, ein Rasseln und Wüten, Schreien und Pfeifen. Und in einem fort – in einem fort. Nie fängt's an und nie hört's auf. Sie werden nie fertig. Es hat so etwas Verzweifeltes – und immer wie in höchster Not – die Rufe klingen wie Unglücksschreie, das Rasseln, als wenn etwas Entsetzliches geschehen wäre. Das Puffen und Stoßen, als wenn etwas Lebendiges zerquetscht würde. – Man stellt sich die gräßlichsten Dinge vor und alles klingt wie ewige Aufregung, ewiges Überangestrengtsein – erbarmungslos und sinnlos. Als wenn Wahnsinnige toben und schieben und poltern und puffen und heulen und schreien und brausen und pfeifen. – Man kommt in eine Spannung, in eine Wut! Es ist, als wenn man das fürchterlichste Fieber hätte – und die draußen wüten fort – wüten fort ohne Ende. Jetzt hat's geklappt, gerollt, gepufft, sich eingehängt, gerade als wenn's fertig und zufrieden wär – Gott bewahre – es geht von neuem los! – Da kommt wieder etwas Neues angewütet, angebraust, angeheult. Große Geschichte, dachte ich das erste Mal – das werden wir gleich haben – verstopfte mir die Ohren. Prost Mahlzeit! Und dann wie ein Narr wickelte ich mir die Hosen um den Kopf, so fest und so dick wie's ging. Wie ein Warenballen! Und heiß! Aber durch jede Ritze drang das Gewüte – scheußlich! Das war die erste Nacht – damals wollte ich natürlich gleich ausziehen; aber da lachte meine Hauswirtin und ihre Tochter, und beide sagten: ›Ja, die erste Nacht! Das hat aber gar nichts auf sich. Wir haben uns ganz daran gewöhnt. Es ist noch besser als manches andre. – Und schließlich hört man's gar nicht mehr, da kömmt's einem vor wie die größte Stille‹.«

»Das war das lange Mädel, die das gesagt hat – die wir bei dir sahen?« fragte Anna.

»Jawohl, die Fanny.«

»Und du bist geblieben?«

»Du weißt's ja.«

»Und hast dann geschlafen?«

»Für gewöhnlich, ja. Manchmal nicht, dann hab' ich gehörig geflucht.«

»Aber bist geblieben?«

»Weshalb fragst du denn?«

»Ja, weil ich nicht begreife, wie man in einem solchen Höllenlärm bleiben kann, ohne Grund.«

»Der Grund war, daß ich faul bin. Außerdem thaten die Leute mir leid. – So fortgehen! – Und sie versorgten mich auch gut.«

»So! Du, sei nicht bös auf mich«, sagte das Mädchen langsam und bedächtig und sah ihm gerade in die Augen. »Ist das lange Mädel dein Schatz?«

»Du bist einzig!«

»Weshalb nicht«, sagte sie einfach. »Gefallen thät' sie mir nicht; aber Geheimnisse haben wir doch nie vor einander gehabt.«

»Übrigens ist sie nicht mein Schatz. Sie möchte wohl. – Weißt du, die Frauenzimmer. – Wenn ich dich und die Mutter nicht kennen würde ... was man so von Frauenzimmern zu sehen bekommt – Gott weiß – wie soll ich sagen ...« Er schwieg und sie blickte mit Aufmerksamkeit auf ihn. »Weißt du, man sagt doch so: das Weib soll rein sein.«

»Ja, sie sollen alle gut sein, die Weiber und die Männer – sie sollten – sie sind aber beide gute oder böse Menschen, oder reine oder schmutzige Menschen – so.«

»Ja – na. – Was sagst du dazu, wenn ein junges Frauenzimmer einen anredet, wie soll ich sagen ... als wenn sie verliebt wäre – so – weißt du?«

»Wie denn, da wispert sie dich auf der Straße an – oder wie?«

»Jawohl. Nennst du das rein?«

»Wenn du so irgend etwas herausgreifst – wie soll ich's da wissen. Da müßt' ich erst das Mädel kennen und genau erfahren, wie es gekommen ist, daß sie dich so anspricht. Sie thut es doch nicht so aus heiler Haut, wenn es auch so aussieht, da ist eine lange Geschichte – vielleicht eine traurige Geschichte. Aber zieh weg aus der Salzstraße. Gar, wenn du weißt, daß das lange Mädel dein Schatz sein möchte. Da blieb' ich doch nicht, wenn ich wüßte, ein Mann will mein Schatz sein, und ich mag nicht. Schau, Ihr thut Euch leicht.«

Sie sprach ruhig und gerade heraus.

»Ja, ja, 's ist schon recht, ich zieh' aus«, antwortete er und lachte gutmütig. »Wenn ich aber wirklich einmal einen Schatz habe, muß ich's dir doch sagen.«

»Abgemacht.«

Er reichte ihr die breite feste Hand hin.

»Und umgekehrt?« fragte er.

Da schüttelte sie den Kopf. »Beicht' du nur, von mir erfährst du doch nichts.«

So fuhren sie hin durch die schneeglitzernde Pracht.

»Höre, Anna, fühlst du dich nicht verdammt einsam da oben?«

»Einsam kann man sich überall fühlen. Weißt du, wenn man zufrieden ist, fühlt man sich nicht einsam.«

»Stimmt«, sagte er.

»Das aber könntest du thun, schreiben, wenn es dir gerade paßt – alles – auch das Kleinste. Wir leben immer mit dir fort da oben, und die langen Abende – weißt du – die Mutter sagt dann: Wo er wohl jetzt ist, was er wohl thut? So etwas. Du mußt halt so ein bissel deutlicher schreiben und dabei an uns oben denken und an die stillen Abende auf Rohrmoos.«

Er versprach es.

»Du«, sagte sie nach einer Weile. »Damals, wie wir bei dir in München waren, hat mir's nicht besonders gefallen, wie die Männer mit den Frauen und Mädchen sprechen.«

»Wieso denn?«

»Unnatürlich.«

»So.«

»Jawohl. Es ist so etwas dabei, als wenn sie einen nicht für voll ansähen.«

»Thun sie auch nicht.«

»Und das sagst du so –«

»Kann ich was dafür?«

»Und dann wieder diese Höflichkeit und das Gethu – man kommt sich ganz albern dabei vor. Ich hätt' ihnen ins Gesicht lachen können und ich hätte es ihnen auch sagen mögen.«

»Hättest du's doch gethan.«

»Ja wie denn? Ich dachte immer, daß sich die Mädchen nicht dagegen wehren! aber wie sollten sie denn? Eine allein? die hätten sie doch nur ausgelacht. – Du, lern's nur nicht etwa so.«

»Sie wollen's ja aber.«

»Ah, geh. Die dummsten Gäns' vielleicht. Wegen denen müssen wir andern doch net ...«

»Das ist nun einmal so«, antwortete er wieder ruhig und behaglich.

»Du läßt dir auch ein bisserl viel gefallen, dünkt mich«, begann sie nach einer Weile wieder.

»Oho«, sagte er.

»Ja, du bist eben bequem.«

»Du meinst, ich hab' gern meine Ruh'? Stimmt – aber mit dem ›Gefallenlassen‹, – nein, da irrst du dich!«

»Mit deinem Namen das Gethu, das läßt du dir doch ruhig gefallen ... ›Bastelmeier‹, weshalb nennen sie dich denn so? und dann ›Wastelmeier‹ und ›Büchselmeier‹ und was alles hängen sie dir an – und ›Comme il faut-Meier‹ – ›Speckmeier‹!«

»So – na, große Geschichte – das hat alles seine Bedeutung – was ist da weiter – man muß Spaß verstehen. Büchselmeier, das kommt davon, du weißt ja – ich lieb' mein' Sach' bei einander. Das Herumfahrenlassen, das kann ich nicht leiden. Ordnung muß sein. Ich geb' zu, es giebt reichlich Büchsen und Büchsel bei mir und allerlei Dinge, die meines Dafürhaltens ein ordentlicher Mensch besitzen muß. Auch die übrigen Namen haben alle ihre Geschichte; aber weshalb denn nicht? – Speckmeier, zum Beispiel. Der Schlankeste bin ich nicht – und wenn sie's aussprechen, was 'mal ist, da kann ich nicht Lärm schlagen.«

»Du bist aber nicht fett«, sagte sie.

»Weißt du, die Rasse ist gut, die beiden Alten machen mir nicht gerade Furcht, einmal auseinander zu fließen; aber man merkt mir's schon an, daß ich net stürmisch bin.«

»Das bist du nicht«, bestätigte sie.

»Na, vielleicht 'mal in der Liebe – Herrgott noch einmal, bis jetzt bin ich soweit verschont geblieben. Unberufen! Greulich, daß ein jeder es ausprobieren muß – also – abwarten.«

Sie lächelte.

»Du kommst mir oft jünger vor, als ich bin«, sagte sie.

»Das ist viel gesagt. Dümmer meinst du wohl – danke.«

»Du weißt's schon, wie ich's meine.«

So fuhren die beiden jungen Leute plaudernd miteinander hin, dem Ziele zu.

»Gottlob«, sagte er, »daß es außer meiner Mutter für mich noch ein Weib giebt und dazu ein junges Weib, mit dem man reden kann, ohne Furcht vor den verdammten Liebesgeschichten. Daß das euch Weibern so in den Gliedern steckt! Es ist wirklich greulich.«

Sie errötete bis unter die Haarwurzeln.

»Also abgemacht«, sagte er, als er nach kurzem Auf- und Niedergehen auf dem Perron der kleinen Station in ein leeres Coupé zweiter Klasse stieg. »Wenn ich einen Schatz hab', bist du die erste, die's erfährt, und gefällt er dir nicht, verabschieden wir ihn.«

»Die Abmachung möcht' ihr nicht gefallen, wenn sie's wüßte«, sagte das junge Mädchen.

»I was? Übrigens sei ruhig, du sagtest vorhin mit den Strümpfen – ich paß schon auf.«

»Du hast diesmal zwei einzelne mitgebracht.«

»Teufel auch. Da sind die Waschweiber schuld daran. Ich werd' ihnen schon auf die Finger sehen. Verlaß dich drauf.«

Da lachte sie über ihn. Der Zug kam in Bewegung; es keuchte, dampfte, brauste, pfiff, dröhnte, läutete.

Die Beschreibung vom Rangierbahnhof kam ihr in den Sinn

und sie rief: »Du, mit der Salzstraßen, daß du mir das nicht versäumst!«

»Gleich wird's gemacht!« rief er ihr noch von weitem zu – und dann »Grüße, Grüße an die Alten oben« – und fort war er.

Das junge Mädchen sah dem Zuge nach, die Augen wurden ihr trüb. – Zwei Thränen rollten die frischen, von der Kälte geröteten Wangen herab.

»Der thut sich leicht«, seufzte sie erregt. »Das hätt' er jetzt sehen sollen! Herr du mein Gott!«

Sie wischte sich die Thränen weg und ging festen Schrittes zum Schlitten.

»Sepp«, sagte sie. »Besorg, was du zu besorgen hast und komm mir nach.«

Der Alte nickte und das Mädchen ging vorwärts, leichtfüßig, als wög' das Herz ihr nach dem Abschied kein Quentchen, und sie trug doch schwer daran – Abschiedsschmerz ist keine leichte Sache. Das hätte ihr aber einer jetzt ansehen sollen!

»Mit dir, du dummer Bub, werd' ich wohl fertig werden!« sagte sie im schnellen Gehen vor sich hin. »Wär' nicht übel.« Und da klang ein Jodler durch die frische Kälte in die Einsamkeit hinaus – so ein Jodler, der alles, was das eingeengte Menschenherz beschwert, wie auf großen Flügeln über die stillen Berge und Thäler trägt.

Weihnacht

Die Winterstürme durchdringen
Die Welt mit wütender Macht. –
Da – – sinkt auf schneeigen Schwingen
Die tannenduftende Nacht …

Da schwebt beim Scheine der Kerzen
Ganz leis nur, kaum, daß du's meinst,
durch arme irrende Herzen
der Glaube – ganz so wie einst …

Da schimmern im Auge Tränen,
du fliehst die Freude – und weinst,
der Kindheit gedenkst du mit Sehnen,
oh, wär es noch so wie einst! …

Du weinst! … die Glocken erklingen –
Es sinkt in festlicher Pracht
Herab auf schneeigen Schwingen
Die tannenduftende Nacht.

Der allererste Weihnachtsbaum

Der Weihnachtsmann ging durch den Wald. Er war ärgerlich. Sein weißer Spitz, der sonst immer lustig bellend vor ihm herlief, merkte das und schlich hinter seinem Herrn mit eingezogener Rute her.

Er hatte nämlich nicht mehr die rechte Freude an seiner Tätigkeit. Es war alle Jahre dasselbe. Es war kein Schwung in der Sache. Spielzeug und Eßwaren, das war auf die Dauer nichts. Die Kinder freuten sich wohl darüber, aber quieken sollten sie und jubeln und singen, so wollte er es, das taten sie aber nur selten.

Den ganzen Dezembermonat hatte der Weihnachtsmann schon darüber nachgegrübelt, was er wohl Neues erfinden könne, um einmal wieder eine rechte Weihnachtsfreude in die Kinderwelt zu bringen, eine Weihnachtsfreude, an der auch die Großen teilnehmen würden. Kostbarkeiten durften es auch nicht sein, denn er hatte so und soviel auszugeben und mehr nicht.

So stapfte er denn auch durch den verschneiten Wald, bis er auf dem Kreuzwege war, dort wollte er das Christkindchen treffen. Mit dem beriet er sich nämlich immer über die Verteilung der Gaben.

Schon von weitem sah er, daß das Christkindchen da war, denn ein heller Schein war dort. Das Christkindchen hatte ein langes, weißes Pelzkleidchen an und lachte über das ganze Gesicht. Denn um es herum lagen große Bündel Kleeheu und Bohnenstiegen und Espen- und Weidenzweige, und daran taten sich die hungrigen Hirsche und Rehe und Hasen gütlich. Sogar für die Sauen gab es etwas, Kastanien, Eicheln und Rüben.

Der Weihnachtsmann nahm seinen Wolkenschieber ab und bot dem Christkindchen die Tageszeit. »Na, Alterchen, wie geht's?« fragte das Christkind, »hast wohl schlechte Laune?« Damit hakte es den Alten unter und ging mit ihm. Hinter ihnen trabte der kleine Spitz, aber er sah gar nicht mehr betrübt aus und hielt seinen Schwanz kühn in die Luft.

»Ja«, sagte der Weihnachtsmann, »die ganze Sache macht mir so recht keinen Spaß mehr. Liegt es am Alter oder an sonst was, ich weiß nicht, ich hab kein Fiduz mehr dazu. Das mit den Pfefferkuchen und den Äpfeln und Nüssen das ist nichts mehr. Das essen sie auf und dann ist das Fest vorbei. Man müßte etwas Neues erfinden, etwas, das nicht zum Essen und nicht zum Spielen ist, aber wobei Alt und Jung singt und lacht und fröhlich wird.«

Das Christkindchen nickte und machte ein nachdenkliches Gesicht; dann sagte es: »Da hast du recht, Alter, mir ist das auch schon aufgefallen. Ich habe daran auch schon gedacht, aber das ist nicht so leicht.«

»Das ist es ja gerade«, knurrte der Weihnachtsmann, »ich bin zu alt und zu dumm dazu. Ich habe schon richtiges Kopfweh von dem alten Nachdenken, und es fällt mir doch nichts Vernünftiges ein. Wenn es so weiter geht, schläft allmählich die ganze Sache ein, und es wird ein Fest wie alle anderen, von dem die Menschen dann weiter nichts haben als Faulenzen, Essen und Trinken.«

Nachdenklich gingen beide durch den weißen Winterwald, der Weihnachtsmann mit brummigem, das Christkindchen mit nachdenklichem Gesichte. Es war so still im Walde, kein Zweig rührte sich, nur, wenn die Eule sich auf einen Ast setzte, fiel ein Stück Schneebehang mit halblautem Ton herab. So kamen die beiden, den Spitz hinter sich, aus dem hohen Holze auf einen alten Kahlschlag, auf dem große und kleine Tannen standen. Das sah nun wunderschön aus. Der Mond schien hell und klar, alle Sterne leuchteten, der Schnee sah aus wie Silber und die Tannen standen darin, schwarz und weiß, daß es eine Pracht war. Eine fünf Fuß hohe Tanne, die allein im Vordergrunde stand, sah besonders reizend aus. Sie war regelmäßig gewachsen, hatte auf jedem Zweig einen Schneestreifen, an den Zweigspitzen kleine Eiszapfen, und glitzerte und flimmerte nur so im Mondenschein.

Das Christkindchen ließ den Arm des Weihnachtsmanns los, stieß den Alten an, zeigte auf die Tanne und sagte: »Ist das nicht wunderhübsch?«

»Ja«, sagte der Alte, »aber was hilft mir das?«

»Gib ein paar Äpfel her«, sagte das Christkindchen, »ich habe einen Gedanken.«

Der Weihnachtsmann machte ein dummes Gesicht, denn er konnte es sich nicht recht vorstellen, daß das Christkind bei der Kälte Appetit auf die eiskalten Äpfel hatte. Er hatte zwar noch einen guten alten Schnaps in seinem Dachsholster, aber den mochte er dem Christkindchen nicht anbieten.

Er machte sein Tragband ab, stellte seine riesige Kiepe in den Schnee, kramte darin herum und langte ein paar recht schöne Äpfel heraus. Dann faßte er in die Tasche, holte sein Messer heraus, wetzte es an einem Buchenstamm und reichte es dem Christkindchen.

»Sieh, wie schlau du bist«, sagte das Christkindchen. »Nun schneid' mal etwas Bindfaden in zweifingerlange Stücke, und mach mir kleine spitze Pflöckchen.«

Dem Alten kam das alles etwas ulkig vor, aber er sagte nichts und tat, was das Christkind ihm sagte. Als er die Bindfadenenden und die Pflöckchen fertig hatte, nahm das Christkind einen Apfel, steckte ein Pflöckchen hinein, band den Faden daran und hängte den an einen Ast.

»So«, sagte es dann, »nun müssen auch an die anderen welche und dabei kannst du helfen, aber vorsichtig, daß kein Schnee abfällt!«

Der Alte half, obgleich er nicht wußte, warum. Aber es machte ihm schließlich Spaß, und als die ganze kleine Tanne voll von rotbäckigen Äpfeln hing, da trat er fünf Schritte zurück, lachte und sagte: »Kiek, wie niedlich das aussieht! Aber was hat das alles für 'n Zweck?«

»Braucht denn alles gleich einen Zweck zu haben?« lachte das Christkind. »Paß auf, das wird noch schöner. Nun gib mal Nüsse her!«

Der Alte krabbelte aus seiner Kiepe Walnüsse heraus und gab sie dem Christkindchen. Das steckte in jedes ein Hölzchen, machte einen Faden daran, rieb immer eine Nuß an der goldenen Oberseite seiner Klügel und dann war die Nuß golden, und die nächste an der silbernen Unterseite seiner Flügel, und dann hatte es eine silberne Nuß, und hängte die zwischen die Äpfel.

»Was sagst' nun, Alterchen?« fragte es dann, »ist das nicht allerliebst?«

»Ja«, sagte der, »aber ich weiß immer noch nicht –«

»Kommt schon!« lachte das Christkindchen. »Hast du Lichter?«

»Lichter nicht«, meinte der Weihnachtsmann, »aber 'n Wachsstock!«

»Das ist fein«, sagte das Christkind, nahm den Wachsstock, zerschnitt ihn und drehte erst ein Stück um den Mitteltrieb des Bäumchens und die anderen Stücke um die Zweigenden, bog sie hübsch gerade und sagte dann: »Feuerzeug hast du doch?«

»Gewiß«, sagte der Alte, holte Stein, Stahl und Schwammdose heraus, pinkte Feuer aus dem Stein, ließ den Zunder in der Schwammdose zum Glimmen kommen und steckte daran ein paar Schwefelspäne an. Die gab er dem Christkindchen. Das nahm einen hellbrennenden Schwefelspan und steckte damit erst das oberste Licht an, dann das nächste davon rechts, dann das gegenüberliegende, und rund um das Bäumchen gehend, brachte es so ein Licht nach dem andern zum Brennen.

Da stand nun das Bäumchen im Schnee; aus seinem halbverschneiten dunklen Gezweig sahen die roten Backen der Äpfel, die Gold- und Silbernüsse blitzten und funkelten und die gelben Wachskerzen brannten feierlich. Das Christkindchen lachte über das ganze rosige Gesicht und patschte in die Hände, der alte Weihnachtsmann sah gar nicht mehr so brummig aus, und der kleine weiße Spitz sprang hin und her und bellte.

Als die Lichter ein wenig heruntergebrannt waren, wehte das Christkindchen mit seinen goldsilbernen Flügeln, und da gingen die Lichter aus. Es sagte dem Weihnachtsmann, er solle das Bäumchen vorsichtig absägen. Das tat der, und dann gingen beide den Berg hinab und nahmen das bunte Bäumchen mit.

Als sie in den Ort kamen, schlief schon alles. Beim kleinsten Hause machten die beiden Halt. Das Christkind machte leise die Tür auf und trat ein; der Weihnachtsmann ging hinterher. In der Stube stand ein dreibeiniger Schemel mit einer durchlochten Platte, den stellten sie auf den Tisch und steckten den Baum hinein. Der Weihnachtsmann legte dann noch allerlei schöne Dinge, Spielzeug, Kuchen, Äpfel und Nüsse unter den Baum, und dann verließen beide das Haus ebenso leise, wie sie es betreten hatten.

Als der Mann, dem das Häuschen gehörte, am andern Morgen erwachte und den bunten Baum sah, da staunte er und wußte nicht, was er dazu sagen sollte. Als er aber an dem Türpfosten, den des Christkinds Flügel gestreift hatte, Gold- und Silberflimmer hängen sah, da wußte er Bescheid. Er steckte die Lichter an dem Bäumchen an und weckte Frau und Kinder.

Das war eine Freude in dem kleinen Hause, wie an keinem Weihnachtstage. Keines von den Kindern sah nach dem Spielzeug und nach dem Kuchen und den Äpfeln, sie sahen nur alle nach dem Lichterbaum. Sie faßten sich an die Hände, tanzten um den Baum und sangen alle Weihnachtslieder, die sie wußten, und selbst das Kleinste, was noch auf dem Arme getragen wurde, krähte, was es krähen konnte.

Vor dem Fenster aber standen das Christkindchen und der Weihnachtsmann und sahen lächelnd zu.

Als es hellichter Tag geworden war, da kamen die Freunde und Verwandten des Bergmanns, sahen sich das Bäumchen an, freuten sich darüber und gingen gleich in den Wald, um sich für ihre Kinder auch ein Weihnachtsbäumchen zu holen. Die anderen Leute, die das sahen, machten es nach, jeder holte sich einen Tannenbaum und putzte ihn an, der eine so, der andere so, aber Lichter, Äpfel und Nüsse hängten sie alle daran.

Als es dann Abend wurde, brannte im ganzen Dorfe Haus bei Haus ein Weihnachtsbaum, überall hörte man Weihnachtslieder und das Jubeln und Lachen der Kinder.

Von da aus ist der Weihnachtsmann über ganz Deutschland gewandert und von da über die ganze Erde, weil aber der erste Weihnachtsbaum am Morgen brannte, so wird in manchen Gegenden den Kindern morgens beschert.

Groß-Stadt-Weihnachten

Nun senkt sich wieder auf die heim'schen Fluren
die Weihenacht! die Weihenacht!
Was die Mamas bepackt nach Hause fuhren,
wir kriegens jetzo freundlich dargebracht.

Der Asphalt glitscht. Kann Emil das gebrauchen?
Die Braut kramt schämig in dem Portemonnaie.
Sie schenkt ihm, teils zum Schmuck und teils zum Rauchen,
den Aschenbecher aus Emalch glasé.

Das Christkind kommt! Wir jungen Leute lauschen
auf einen stillen heiligen Grammophon.
Das Christkind kommt und ist bereit zu tauschen
den Schlips, die Puppe und das Lexikohn.

Und sitzt der wackre Bürger bei den Seinen,
voll Karpfen, still im Stuhl, um halber zehn,
dann ist er mit sich selbst zufrieden und im reinen:
»Ach ja, son Christfest is doch ooch janz scheen!«

Und frohgelaunt spricht er vom ›Weihnachtswetter‹,
mag es nun regnen oder mag es schnein.
Jovial und schmauchend liest er seine Morgenblätter,
die trächtig sind von süßen Plauderein.

So trifft denn nur auf eitel Glück hienieden
in dieser Residenz Christkindleins Flug?
Mein Gott, sie mimen eben Weihnachtsfrieden …
»Wir spielen alle. Wer es weiß, ist klug.«

Weihnachtsmarkt

Welch lustiger Wald um das graue Schloß
Hat sich zusammen gefunden,
Ein grünes bewegliches Nadelgehölz,
Von keiner Wurzel gebunden!

Anstatt der warmen Sonne scheint
Das Rauschgold durch die Wipfel;
Hier backt man Kuchen, dort brät man Wurst,
Das Räuchlein zieht um die Gipfel.

Es ist ein fröhlich Leben im Wald,
Das Volk erfüllet die Räume;
Die nie mit Tränen ein Reis gepflanzt,
Die fällen am frohsten die Bäume.

Der eine kauft ein bescheidnes Gewächs
Zu überreichen Geschenken,
Der andre einen gewaltigen Strauch,
Drei Nüsse daran zu henken.

Dort feilscht um ein verkrüppeltes Reis
Ein Weib mit scharfen Waffen:
Der dünne Silberling soll zugleich
Den Baum und die Früchte verschaffen!

Mit glühender Nase schleppt der Lakai
Die schwere Tanne von hinnen,
Das Zöfchen trägt ein Leiterchen nach,
Zu ersteigen die grünen Zinnen.

Und kommt die Nacht, so singt der Wald
Und wiegt sich im Gaslichtscheine;
Bang führt die arme Mutter ihr Kind
Vorüber dem Zauberhaine.

Einst sah ich einen Weihnachtsbaum:
Im düstern Bergesbanne
Stand eisbezuckert auf dem Granit
Die alte Wettertanne.

Und zwischen den Ästen waren schön
Die Sterne aufgegangen,
Am untersten Ast sah ich entsetzt
Die alte Schmidtin hangen.

Hell schien der Mond ihr ins Gesicht,
Das festlich still verkläret;
Weil sie auf der Welt sonst nichts besaß,
Hatte sie sich selbst bescheret.

Heiligabend

Es war Weihnachten 1812, Heiliger Abend. Einzelne Schneeflocken fielen und legten sich auf die weiße Decke, die schon seit Tagen in den Straßen der Hauptstadt lag. Die Laternen, die an lang ausgespannten Ketten hingen, gaben nur spärliches Licht; in den Häusern aber wurde es von Minute zu Minute heller, und der »Heilige Christ«, der hier und dort schon einzuziehen begann, warf seinen Glanz auch in das draußen liegende Dunkel.

So war es auch in der Klosterstraße. Die Singuhr der Parochialkirche setzte eben ein, um die ersten Takte ihres Liedes zu spielen, als ein Schlitten aus dem Gasthof »Zum grünen Baum« herausfuhr und gleich darauf schräg gegenüber vor einem zweistöckigen Hause hielt, dessen hohes Dach noch eine Mansardenwohnung trug. Der Kutscher des Schlittens, in einem abgetragenen, aber mit drei Kragen ausstaffierten Mantel, beugte sich vor und sah nach den obersten Fenstern hinauf; als er jedoch wahrnahm, daß alles ruhig blieb, stieg er von seinem Sitz, strängte die Pferde ab und schritt auf das Haus zu, um durch die halb offenstehende Tür in dem dunklen Flur desselben zu verschwinden. Wer ihm dahin gefolgt wäre, hätte notwendig das stufenweise Stapfen und Stoßen hören müssen, mit dem er sich, vorsichtig und ungeschickt, die drei Treppen hinauffühlte.

Der Schlitten, eine einfache Schleife, auf der ein mit einem sogenannten »Plan« überspannter Korbwagen befestigt war, stand all die Zeit über ruhig auf dem Fahrdamm, hart an der Öffnung einer hier aufgeschütteten Schneemauer. Der Korbwagen selbst, mutmaßlich um mehr Wärme und Bequemlichkeit zu geben, war nach hinten zu, bis an die Plandecke hinauf, mit Stroh gefüllt; vorn lag ein Häckselsack, gerade breit genug, um zwei Personen Platz zu gönnen. Alles so primitiv wie möglich.

Auch die Pferde waren unscheinbar genug, kleine Ponies, die gerade jetzt in ihrem winterlich rauhen Haar ungeputzt und dadurch ziemlich vernachlässigt aussahen. Aber wie immer auch, die russischen Sielen, dazu das Schellengeläut, das auf rot eingefaßten, breiten Ledergurten über den Rücken der Pferde hing, ließen keinen Zweifel darüber, daß das Fuhrwerk aus einem guten Hause sei.

So waren fünf Minuten vergangen oder mehr, als es auf dem Flur hell wurde. Eine Alte in einer weißen Nachthaube, das Licht mit der Hand schützend, streckte den Kopf neugierig in die Straße hinaus; dann kam der Kutscher mit Mantelsack und Pappkarton; hinter diesem, den Schluß bildend, ein hochaufgeschossener junger Mann von leichter, vornehmer Haltung. Er trug eine Jagdmütze, kurzen Rock und war in seiner ganzen Oberhälfte unwinterlich gekleidet. Nur seine Füße steckten in hohen Filzstiefeln. »Frohe Feiertage, Frau Hulen«, damit reichte er der Alten die Hand, stieg auf die Deichsel und nahm Platz neben dem Kutscher. »Nun vorwärts, Krist; Mitternacht sind wir in Hohen-Vietz. Das ist recht, daß Papa die Ponies geschickt hat.«

Die Pferde zogen an und versuchten es, ihrer Natur nach, in einen leichten Trab zu fallen; aber erst als sie die Königsstraße mit ihrem Weihnachtsgedränge und Waldteufelgebrumm im Rücken hatten, ging es in immer rascherem Tempo die Landsberger Straße entlang und endlich unter immer munterer werdendem Schellengeläut zum Frankfurter Tore hinaus.

Draußen umfing sie Nacht und Stille; der Himmel klärte sich, und die ersten Sterne traten hervor. Ein leiser, aber scharfer Ostwind fuhr über das Schneefeld, und der Held unserer Geschichte, Lewin von Vitzewitz, der seinem väterlichen Gute Hohen-Vietz zufuhr, um die Weihnachtsfeiertage daselbst zu verbringen, wandte sich jetzt, mit einem Anflug von märkischem Dialekt, an den neben ihm sitzenden Gefährten. »Nun, Krist, wie wär es? Wir müssen wohl einheizen.« Dabei legte er Daumen und Zeigefinger ans Kinn und paffte mit den Lippen.

Dies »wir« war nur eine Vertraulichkeitswendung; Lewin selbst rauchte nicht. Krist aber, der von dem Augenblick an, wo sie die Stadt im Rücken hatten, diese Aufforderung erwartet haben mochte, legte ohne weiteres die Leinen in die Hand seines jungen Herrn und fuhr in die Manteltasche, erst um eine kurze Pfeife mit bleiernem Abguß, dann um ein neues Paket Tabak daraus hervorzuholen. Er nahm beides zwischen die Knie, öffnete das mit braunem Lack gesiegelte Paket, stopfte und begann dann mit derselben langsamen Sorglichkeit nach Stahl und Schwamm zu suchen. Endlich brannte es; er tat, indem er wieder die Leine nahm, die ersten Züge, und während jetzt kleine Funken aus dem Drahtdeckel hervorsprühten, ging es auf Friedrichsfelde zu, dessen Lichter ihnen über das weiße Feld her entgegenschienen.

Das Dorf lag bald hinter ihnen. Lewin, der sich's inzwischen bequem gemacht und durch festeren Aufbau einiger Strohbündel eine Rückenlehne hergerichtet hatte, schien jetzt in der Stimmung, eine Unterhaltung aufzunehmen. Ehe des Kutschers Pfeife brannte, wär es ohnehin nicht rätlich gewesen.

»Nichts Neues, Krist?« begann Lewin, indem er sich fester in die Strohpolster drückte. »Was macht Willem, mein Päth?«

»Dank schön, junger Herr, he is ja nu wedder bi Weg.«

»Was war ihm denn?«

»He hett sich verfiert. Un noch dato an sinen Gebortsdag. Et is nu en Wochner drei; ja, up 'n Dag hüt, drei Wochen. Oll Doktor Leist von Lebus hett em aber wedder torecht bracht.«

»Er hat sich verfiert?«

»Ja, junger Herr, so glöwen wi all. Et wihr wol so um de fiefte Stunn, as mine Fru seggen däd: ›Willem, geih, un hol uns en paar Äppels, awers von de Renetten up 'n Stroh, dicht bi de Bohnenstakens.‹ Un uns Lütt-Willem ging ooch, un ick hürt em noch flüten un singen un dat Klapsen von sine Pantinen ümmer den Floor lang. Awer dunn hürt ick nix mihr, un as he nu an de olle wackelsche Döör käm un in den groten Saal rinn wull, wo uns Äppels liggen und wo de Lüt seggen, dat de oll Matthias spöken deiht, da möt em wat passiert sinn. He käm nich un käm nich; un as ick nu nahjung un sehn wull, wo he bliwen däd, da lag he, glieks achter de Schwell, as dod up de Fliesen.«

»Das arme Kind! Und Eure Frau…«

»De käm ooch, un wi drögen em nu torügg in unse Stuv un rewen em in. Mine Fru hätt ümmer en beten Miren-Spiritus to Huus. As he nu wedder to sich kam, biwwerte em de janze lütte Liew, un he seggte man ümmer: ›Ick hebb em sehn.‹«

Lewin hatte sich zurechtgerückt. »Es geht also wieder besser«, warf er hin, und wie um loszukommen von allerhand Bildern und Gedanken, die des Kutschers Erzählung in ihm angeregt hatte, fuhr er hin und her in Erkundigungen, worauf Krist mit soviel Ausführlichkeit antwortete, wie ihm die Raschheit der Fragen gestattete. Dem Schulzen Kniehase war einer von seinen Braunen gefallen; bei Hoppenmarieken hatte der Schornstein gebrannt; bei Witwe Gräbschen hatte Nachtwächter Pachaly einen mittelgroßen Sarg, mit einem Myrtenkranz darauf, vor der Haustür stehen sehn, »un wihl et man en mittelscher Sarg west wihr, so hedden se all an de Jüngscht, an Hanne Gräbschen, 'dacht. De is man kleen und piept all lang.«

Die Sterne traten immer zahlreicher hervor. Lewin lupfte die Kappe, um sich die Stirn von der frischen Winterluft anwehen zu lassen, und sah staunend und andächtig in den funkelnden Himmel hinauf. Es war ihm, als fielen alle dunklen Geschicke, das Erbteil seines Hauses, von ihm ab und als zöge es lichter und heller von oben her in seine Seele. Er atmete auf. Zwei, drei Schlitten flogen vorüber, grüßten und sangen, sichtlich Gäste, die im Nebendorf die Bescherung nicht versäumen wollten; dann, ehe fünf Minuten um waren, glitt das Gefährt unserer zwei Freunde unter den Giebelvorbau des Bohlsdorfer Kruges.

Bohlsdorf war drittel Weg. Niemand kam. An den Fenstern zeigte sich kein Licht; die Krügersleute mußten in den Hinterstuben sein und das Vorfahren des Schlittens, trotz seines Schellengeläutes, überhört haben. Krist nahm wenig Notiz davon. Er stieg ab, holte eine der Stehkrippen heran, die beschneit an dem Hofzaun entlang standen, und schüttete den Pferden ihren Hafer ein.

Auch Lewin war abgestiegen. Er stampfte ein paarmal in den Schnee, wie um das Blut wieder in Umlauf zu bringen, und trat dann in die Gaststube, um sich zu wärmen und einen Imbiß zu nehmen. Drinnen war alles leer und dunkel; hinter dem Schenktisch aber, wo drei Stufen zu einem höher gelegenen Alkoven führten, blitzte der Christbaum von Lichtern und goldenen Ketten. In diesem Weihnachtsbilde, das der enge Türrahmen einfaßte, stand die Krügersfrau in Mieder und rotem Friesrock und hatte einen Blondkopf auf dem Arm, der nach den Lichtern des Baumes langte. Der Krüger selbst stand neben ihr und sah auf das Glück, das ihm das Leben und dieser Tag beschert hatten.

Lewin war ergriffen von dem Bilde, das fast wie eine Erscheinung auf ihn wirkte. Leiser, als er eingetreten war, zog er sich wieder zurück und trat auf die Dorfstraße. Gegenüber dem Kruge, von einer Feldsteinmauer eingefaßt, lag die Bohlsdorfer Kirche, ein alter Zisterzienserbau aus den Tagen der ersten Kolonisation. Es klang deutlich von drüben her, als würde die Orgel gespielt, und Lewin, während er noch aufhorchte, bemerkte zugleich, daß eines der kleinen, in halber Wandhöhe hinlaufenden Rundbogenfenster matt erleuchtet war. Neugierig, ob er sich täuschte oder nicht, stieg er über die niedrige Steinmauer fort und schritt, zwischen den Gräbern hin, auf die Längswand der Kirche zu. Ziemlich inmitten dieser Wand bemerkte er eine Pforte, die nur eingeklinkt, aber nicht geschlossen war. Er öffnete leise und trat ein. Es war, wie er vermutet hatte. Ein alter Mann, mit Samtkäppsel und spärlichem weißen Haar, saß vor der Orgel, während ein Lichtstümpfchen neben ihm eine kümmerliche Beleuchtung gab. In sein Orgelspiel vertieft, bemerkte er nicht, daß jemand eingetreten war, und feierlich, aber gedämpften Tones klangen die Weihnachtsmelodien nach wie vor durch die Kirche hin.

Übte sich der Alte für den kommenden Tag, oder feierte er hier sein Christfest allein für sich mit Psalmen und Choral? Lewin hatte sich die Frage kaum gestellt, als er, der Orgel gegenüber, einen zweiten Lichtschimmer wahrnahm; auf der untersten Stufe des Altars stand eine kleine Hauslaterne. Als er näher trat, sah er, daß Frauenhände hier eben noch beschäftigt gewesen sein mußten. Ein Handfeger lag da, daneben eine kurze Stehleiter, die beiden Seitenhölzer oben mit Tüchern umwunden. Das Licht der Laterne fiel auf zwei Grabsteine, die vor dem Altar in die Fliesen eingelegt waren; der eine zur Linken enthielt nur Namen und Datum, der andere zur Rechten aber zeigte Bild und Spruch. Zwei Lindenbäume neigten ihre Wipfel einander zu, und darunter standen Verse, zehn oder zwölf Zeilen. Nur die Zeilen der zweiten Strophe waren noch deutlich erkennbar und lauteten:

Sie sieht nun tausend Lichter;
Der Engel Angesichter
Ihr treu zu Diensten stehn;
Sie schwingt die Siegesfahne
Auf güldnem Himmelsplane
Und kann auf Sternen gehn.

Lewin las zwei-, dreimal, bis er die Strophe auswendig wußte; die letzte Zeile namentlich hatte einen tiefen Eindruck auf ihn gemacht, von dem er sich keine Rechenschaft geben konnte. Dann sah er sich noch einmal in der seltsam erleuchteten Kirche um, deren Pfeiler und Chorstühle ihn schattenhaft umstanden, und kehrte, die Türe leise wieder anlehnend, erst auf den Kirchhof, dann, mit raschem Sprung über die Mauer, auf die Dorfstraße zurück.

Der Krug hatte indessen ein verändertes Ansehen gewonnen. In der Gaststube war Licht; Krist stand am Schenktisch im eifrigen Gespräch mit dem Krüger, während die Frau, aus der Küche kommend, ein Glas Kirschpunsch auf den Tisch stellte. Sie plauderten noch eine Weile auch über den alten Küster drüben, der, seitdem er Witmann geworden, seinen Heiligen Abend mit Orgelspiel zu feiern pflege; dann, unter Händeschütteln und Wünschen für ein frohes Fest, wurde Abschied genommen, und an den stillen Dorfhütten vorbei ging es weiter in die Nacht hinein.

Lewin sprach von den Krügersleuten; Krist war ihres Lobes voll. Weniger wollt er vom Bohlsdorfer Amtmann wissen, am wenigsten vom Petershagener Müller, an dessen abgebrannter Bockmühle sie eben vorüberfuhren. Aus allem ging hervor, daß Krist, der allwöchentlich dieses Weges kam, den Klatsch der Bierbänke zwischen Berlin und Hohen-Vietz in treuem Gedächtnis trug. Er wußte alles und schwieg erst, als Lewin immer stiller zu werden begann. Nur kurze Ansprachen an die Ponies belebten noch den Weg. Die regelmäßige Wiederkehr dieser Anrufe, das monotone Schellengeläut, das alsbald wie von weit her zu klingen schien, legte sich mehr und mehr mit einschläfernder Gewalt um die Sinne unseres Helden. Allerhand Gestalten zogen an seinem halb geschlossenen Auge vorüber; aber eine dieser Gestalten, die glänzendste, nahm er mit in seinen Traum. Er saß vor ihr auf einem niedrigen Tabouret; sie lachte ihn an und schlug ihn leise mit dem Fächer, als er nach ihrer Hand haschte, um sie zu küssen. Hundert Lichter, die sich in schmalen Spiegeln spiegelten, brannten um sie her, und vor ihnen lag ein großer Teppich, auf dem Göttin Venus in ihrem Taubengespann durch die Lüfte zog. Dann war es plötzlich, als löschten alle diese Lichter aus; nur zwei Stümpfchen brannten noch; es war wie eine schattendurchhuschte Kirche, und an der Stelle, wo der Teppich gelegen hatte, lag ein Grabstein, auf dem die Worte standen:

Sie schwingt die Siegesfahne
Auf güldnem Himmelsplane
Und kann auf Sternen gehn.

Süß und schmerzlich, wie kurz vorher bei wachen Sinnen ihn diese Worte berührt hatten, berührten sie ihn jetzt im Traum. Er wachte auf.

»Noch eine halbe Meile, junger Herr«, sagte Krist.

»Dann sind wir in Dolgelin?«

»Nein, in Hohen-Vietz.«

»Da hab ich fest geschlafen.«

»Dritthalb Stunn.«

Das erste, was Lewin wahrnahm, war die Sorglichkeit, mit der sich der alte Kutscher mittlerweile um ihn bemüht hatte. Der Futtersack war ihm unter die Füße geschoben, die beiden Pferdedecken lagen ausgebreitet über seinen Knien.

Nicht lange, und der Hohen-Vietzer Kirchturm wurde sichtbar. An oberster Stelle eines Höhenzuges, der nach Osten hin die Landschaft schloß, stand die graue Masse, schattenhaft im funkelnden Nachthimmel.

Dem Sohne des Hauses schlug das Herz immer höher, sooft er dieses Wahrzeichens seiner Heimat ansichtig wurde. Aber er hatte heute nicht lange Zeit, sich der Eigentümlichkeit des Bildes zu freuen. Die beschneiten Parkbäume traten zwischen ihn und die Kirche, und einige Minuten später schlugen die Hunde an, und zwischen zwei Torpfeilern hindurch beschrieb der Schlitten eine Kurve und hielt vor der portalartigen Glastüre, zu der zwei breite Sandsteinstufen hinaufführten.

Lewin, der sich schon vorher erhoben hatte, sprang hinaus und schritt auf die Stufen zu. »Guten Abend junger Herr«, empfing ihn ein alter Diener in Gamaschen und Frackrock, an dem nur die großen blanken Knöpfe verrieten, daß es eine Livree sein sollte.

»Guten Abend, Jeetze; wie geht es?«

Aber über diesen Gruß kam Lewin nicht hinaus, denn im selben Augenblick richtete sich ein prächtiger Neufundländer vor ihm auf und überfiel ihn, die Vorderpfoten auf seine Schultern legend, mit den allerstürmischsten Liebkosungen.

»Hektor, laß gut sein, du bringst mich um.« Damit trat unser

Held in die Halle seines väterlichen Hauses. Ein paar Scheite, die im Kamin verglühten, warfen ihr Licht auf die alten Bilder an der Wand gegenüber. Lewin sah sich um, nicht ohne einen Anflug freudigen Stolzes, auf der Scholle seiner Väter zu stehen.

Dann leuchtete ihm der alte Diener die schwere doppelarmige Treppe hinauf, während Hektor folgte.

Epiphanias

Die Heiligen Drei König' mit ihrem Stern,
Sie essen, sie trinken und bezahlen nicht gern;
Sie essen gern, sie trinken gern,
Sie essen, trinken und bezahlen nicht gern.

Die Heiligen Drei König' sind kommen allhier,
Es sind ihrer drei und sind nicht ihrer vier;
Und wenn zu dreien der vierte wär',
So wär ein Heil'ger Drei König mehr.

Ich erster bin der weiß' und auch der schön',
Bei Tage solltet ihr erst mich seh'n!
Doch ach, mit allen Spezerei'n
Werd' ich sein Tag kein Mädchen mehr erfreu'n.

Ich aber bin der braun' und bin der lang',
Bekannt bei Weibern wohl und bei Gesang.
Ich bringe Gold statt Spezerei'n,
Da werd' ich überall willkommen sein.

Ich endlich bin der schwarz' und bin der klein'
Und mag auch wohl einmal recht lustig sein.
Ich esse gern und trinke gern,
Ich esse, trinke und bedank' mich gern.

Die Heiligen Drei König' sind wohlgesinnt,
Sie suchen die Mutter und das Kind;
Der Joseph fromm sitzt auch dabei,
Der Ochs und Esel liegen auf der Streu.

Wir bringen Myrrhen, wir bringen Gold,
Dem Weihrauch sind die Damen hold;
Und haben wir Wein von gutem Gewächs
So trinken wir drei so gut als ihrer sechs.

Da wir nun hier schöne Herrn und Fraun,
Aber keine Ochsen und Esel schaun,
So sind wir nicht am rechten Ort
und ziehen unseres Weges weiter fort.

WILHELM BUSCH

Der Stern

Hätt einer auch fast mehr Verstand
als wie die drei Weisen aus Morgenland,
und ließe sich dünken, er war wohl nie
dem Sternlein nachgereist wie sie;
dennoch, wenn nun das Weihnachtsfest
seine Lichtlein wonniglich scheinen läßt,
fällt auch auf sein verständig Gesicht,
er mag es merken oder nicht,
ein freundlicher Strahl
des Wundersterns von dazumal.

Und wieder hier draußen ein neues Jahr –
Was werden die Tage bringen?!

Neujahrsglocken

In den Lüften schwellendes Gedröhne,
Leicht wie Halme beugt der Wind die Töne:

Leis verhallen, die zum ersten riefen,
Neu Geläute hebt sich aus den Tiefen.

Große Heere, nicht ein einzler Rufer!
Wohllaut flutet ohne Strand und Ufer.

Neujahrsnacht

Im grauen Schneegestöber blassen
Die Formen, es zerfließt der Raum,
Laternen schwimmen durch die Gassen,
Und leise knistert es in Flaum;
Schon naht des Jahres letzte Stunde,
Und drüben, wo der matte Schein
Haucht aus den Fenstern der Rotunde,
Dort ziehn die frommen Beter ein.

Wie zu dem Richter der Bedrängte,
Ob dessen Haupt die Wage neigt,
Noch einmal schleicht eh der verhängte,
Der schwere Tag im Osten steigt,
Noch einmal faltet seine Hände
Um milden Spruch, so knien sie dort,
Still gläubig, daß ihr Flehen wende
Des Jahres ernstes Losungswort.

Ich sehe unter meinem Fenster
Sie gleiten durch den Nebelrauch,
Verhüllt und lautlos wie Gespenster,
Vor ihrer Lippe flirrt der Hauch;
Ein blasser Kreis zu ihren Füßen
Zieht über den verschneiten Grund.
Lichtfunken blitzen auf und schießen
Um der Laterne dunstig Rund.

Was mögen sie im Herzen tragen,
Wie manche Hoffnung, still bewacht,
Wie mag es unterm Vließe schlagen
So heiß in dieser kalten Nacht!
Fort keuchen sie, als möge fallen
Der Hammer, eh sie sich gebeugt,
Bevor sie an des Thrones Hallen
Die letzte Bittschrift eingereicht.

Dort hör ich eine Angel rauschen,
Vernehmlich wird des Kindes Schrein,
Und die Gestalt – sie scheint zu lauschen,
Dann fürder schwimmt der Lampe Schein;
Noch einmal steigt sie, läßt die Schimmer
Verzittern an des Fensters Rand,
Gewiß, es trägt ein Frauenzimmer
Sie, einer Mutter fromme Hand!

Nun stampft es rüstig durch die Gasse,
Die Decke kracht vom schweren Tritt;
Der Krämer schleppt die Sündenmasse
Der bösen Zahler keuchend mit;
Und hinter ihm wie eine Docke
Ein armes Kind im Flitterstaat,
Mit seidnem Fähnchen, seidner Locke,
Huscht frierend durch den engen Pfad.

Ha, Schellenklingeln längs der Stiege,
Glutaugen richtend in die Höh'!
'ne kolossale Feuerfliege,
Rauscht die Karosse durch den Schnee;
Und Dämpfe qualmen auf und schlagen
Zurück vom Wirbel des Gespanns;
Ja, schwere Bürde trägt der Wagen,
Die Wünsche eines reichen Manns!

Und hinter ihm ein Licht so schwankend,
Der Träger tritt so sachte auf,
Nun lehnt er an der Mauer, wankend,
Sein hohler Husten schallt hinauf;
Er öffnet der Laterne Reifen,
Es zupfen Finger lang und fahl
Am Dochte, Odemzüge pfeifen, –
Du, Armer, kniest zum letztenmal.

Dann Licht an Lichtern längs der Mauer,
Wie Meteore irr geschaart,
Ein krankes Weib in tiefer Trauer,
Husaren mit bereiftem Bart,
In Filz und Kittel stämmge Bauern,
Den Rosenkranz in starrer Faust,
Und Mädchen die wie Falken lauern,
Von Mantels Fittigen umsaust.

Wie oft hab' ich als Kind im Spiele
Gelauscht den Funken im Papier,
Der Sternchen zitterndem Gewühle,
Und: »Kirchengänger!« sagten wir;
So seh ich's wimmeln um die Wette
Und löschen, wo der Pfad sich eint,
Nachzügler noch, dann grau die Stätte,
Nur einsam die Rotunde scheint.
Und mählig schwellen Orgelklänge
Wie Heroldsrufe an mein Ohr:
Knie nieder, Lässiger, und dränge
Auch deines Herzens Wunsch hervor!
»Du, dem Jahrtausende verrollen
Secundengleich, erhalte mir
Ein muthig Herz, ein redlich Wollen,
Und Fassung an des Grabes Thür.«

Da, horch! – es summt durch Wind und Schlossen,
Gott gnade uns, hin ist das Jahr!
Im Schneegestäub' wie Schnee zerflossen.
Zukünftiges wird offenbar;
Von allen Thürmen um die Wette
Der Hämmer Schläge, daß es schallt,
Und mit dem letzten ist die Stätte
Gelichtet für den neuen Wald.

Neujahrslied

Wer kömmt! Wer kauft von meiner Waar'!
Devisen auf das neue Jahr,
Für alle Stände.
Und fehlt auch einer hie und da,
Ein einz'ger Handschuh paßt sich ja
An zwanzig Hände.

Du Jugend, die du tändelnd liebst,
Ein Küßgen um ein Küßgen giebst,
Unschuldig heiter.
Jetzt lebst du noch ein wenig dumm;
Geh nur erst dieses Jahr herum,
So bist du weiter.

Die ihr schon Amors Wege kennt
Und schon ein bißgen lichter brennt,
Ihr macht mir bange.
Zum Ernst, ihr Kinder, von dem Spaas!
Das Jahr! zur höchsten Noth noch das,
Sonst währt's zu lange.

Du junger Mann, du junge Frau,
Lebt nicht zu treu, nicht zu genau
In enger Ehe.
Die Eifersucht quält manches Haus
Und trägt am Ende doch nicht aus
Als doppelt Wehe.

Der Wittwer wünscht in seiner Noth
Zur seelgen Frau, durch schnellen Tod
Geführt zu werden.
Du guter Mann, nicht so verzagt!
Das, was dir fehlt, das, was dich plagt,
Find'st du auf Erden.

Ihr, die ihr Misogyne heißt,
Der Wein heb' euern großen Geist
Beständig höher.
Zwar Wein beschwöret oft den Kopf,
Doch der thut manchem Ehetropf,
Wohl zehnmal weher.

Der Himmel geb zur Frühlingszeit,
Mir manches Lied voll Munterkeit,
Und Euch gefall' es.
Ihr lieben Mädgen singt sie mit,
Dann ist mein Wunsch am letzten Schritt,
Dann hab' ich alles.

Mitte des Winters

Das Jahr geht zornig aus. Und kleine Tage
Sind viel verstreut wie Hütten in den Winter.
Und Nächte ohne Leuchten, ohne Stunden,
Und grauer Morgen ungewisser Bilder.

Sommerzeit, Herbstzeit, alles geht vorüber,
Und brauner Tod hat jede Frucht ergriffen.
Und andre kalte Sterne sind im Dunkel,
Die wir zuvor nicht sahn vom Dach der Schiffe.

Weglos ist jedes Leben. Und verworren
Ein jeder Pfad. Und keiner weiß das Ende,
Und wer da suchet, daß er Einen fände,
Der sieht ihn stumm und schüttelnd leere Hände.

CHARLES DICKENS

Die Silvesterglocken

Ein Geisterreigen

Sie läuten aus das alte Jahr,
die Glocken,
und läuten ein – ein neues –

Erstes Viertel

Es gibt der Leute nicht viele, die da gern in einer Kirche schliefen. Es ist wünschenswert, dass ein Geschichtenerzähler und seine Zuhörer so rasch wie möglich sich verständigen, und daher bitte ich zu bemerken, dass ich diese Behauptung nicht auf einige wenige beschränke, auf junges Volk oder kleines Volk, sondern auf Leute jeder Beschaffenheit ausdehne, auf Groß und Klein, Alt und Jung, auf solche, die noch wachsen, oder solche, die schon wieder kleiner werden! Kurz und gut, es gibt nicht viele Leute, die gern in einer Kirche schliefen. Ich meine nicht zur Predigtzeit! Bei warmem Wetter (das soll schon vorgekommen sein), sondern in der Nacht und allein. Alles würde sich riesig wundern, wenn ich sagen würde: am helllichten Tage. Ich meine aber: bei Nacht. Und ich kann meine Behauptung aufrechterhalten, in der ersten besten stürmischen Winternacht, beim ersten besten, der allein mit mir auf einen alten Kirchhof gehen will zu einer alten Kirchentür und mir erlauben, ihn bis zum frühen Morgen einzuschließen.

Der Nachtwind hat eine böse Art, um ein Gebäude solcher Gattung herumzustreichen, dabei zu seufzen und zu klagen und mit unsichtbarer Hand an Fenster und Türen zu rütteln, um ein Luftloch zu finden, durch das er hineinkommen kann.

Und wenn er sich eingeschlichen hat, wimmert und heult er, als ob er etwas suche und nicht finden könne, will wieder hinaus und gibt sich nicht zufrieden damit, durch die Gänge zu fahren und um die Pfeiler zu sausen und auf die brummende Orgel zu schlagen – – nein, er möchte auch noch hinauf und das Sparrenwerk zertrümmern. Dann wirft er sich wieder verzweifelt auf den steinernen Fußboden hin und steigt murmelnd in die Grabgewölbe. Heimlich kommt er wieder herauf, schleicht die Mauern entlang und liest leise flüsternd die Inschriften der Toten. Bei der einen bricht er in schrilles Gelächter aus, bei der nächsten klagt er und seufzt er. Es klingt so gespenstisch, wenn er sich hinter dem Altare versteckt und wilde Weisen singt von Übeltat und Mord, von der Anbetung der Götzen zum Trotze der Gesetzestafeln, die so glatt und schön aussehen und doch so oft schon besudelt und gebrochen wurden. Hu! Der Himmel bewahre uns und lasse uns ruhig und traulich am Feuer sitzen. Er hat eine grauenhafte Stimme, der Wind, um Mitternacht, wenn er in einer Kirche singt.

Und gar erst oben im Turm! Da saust und pfeift der ungeschlachte Geselle hoch oben im Glockenstuhl, wo er frei aus und ein kann durch luftige Bogen und Mauerritzen und sich um die Wendeltreppe wickeln und den kreischenden Wetterhahn umherwirbeln und den Turm selber zittern und beben machen kann. Hoch oben im Kirchturm, wo der Glockenbalken steht und die Eisenriegel der Rost zernagt, wo die Platten von Blei und Kupfer, gerunzelt vom wechselnden Wetter, sich krachend biegen unter ungewohntem Tritt und die Vögel schmutzige Nester in die Ecken der alten eichenen Sparren und Balken stopfen; wo der Staub alt und grau liegt und gesprenkelte Spinnen, faul und fett geworden in träger Ruhe, bei den zitternden Schwingungen der Glocken, ohne den Halt zu verlieren, in ihren aus feinen Fäden in die Luft gesponnenen Schlössern schwanken oder wie Matrosen emporklimmen oder sich hinablassen – aufgeschreckt – und ein Gewimmel von Beinen veranstalten, wenn es gilt, das bisschen Leben zu retten.

Hoch oben im Turm einer alten Kirche, hoch über dem Glanz und dem Murren der Stadt und tief unter den jagenden Wolken, ist es schaurig und gespenstisch nachts. Und hoch oben im Turm einer alten Kirche, da hängen die Glocken, von denen ich erzählen will. Es waren alte Glocken, das sag ich euch. Vor Jahrhunderten hatten Bischöfe sie getauft, vor so viel Jahrhunderten, dass die Urkunden darüber lange schon verloren gegangen waren und niemand mehr ihre Namen wusste. Sie hatten ihre Gevattern und Gevatterinnen und ihre Taufpaten gehabt – ich für meinen Teil würde auch lieber einer Glocke als einem Jungen Pate stehen – und gewiss auch ihre silbernen Becher besessen. Aber die Zeit hat ihre Paten hingemäht und Heinrich VIII. ihre Becher eingeschmolzen, und so hängen sie nun da im Kirchturm, der Becher und der Namen beraubt …

Doch nicht ihrer Sprache! O nein! Sie hatten eine klare, laute, klangvolle Stimme, diese Glocken, und weithin konnte man sie hören im Winde. Dabei waren sie viel zu breitschulterige Glocken, als dass der Sturm ihnen etwas hätte anhaben können, und wenn er böser Laune war, dann läuteten sie kühnlich gegen ihn an und sandten königlich und stolz ihre fröhlichen Klänge herab in die Ohren der Menschen. Und wenn sie sich's in den Kopf gesetzt, in einer stürmischen Nacht von einer armen Mutter gehört zu werden, die bei ihrem kranken Kinde wachte, oder von einem verlassenen Weibe, deren Mann auf See war, dann sollen sie sogar den heulenden Nordwest überbrüllt haben, wie Toby Veck behauptete.

Toby Veck, der immer Trotty Veck genannt wurde, obwohl niemand ohne besonderen Parlamentsbeschluss an seinem Namen etwas ändern durfte, da er zu seiner Zeit ebenso gesetzmäßig getauft worden wie die Glocken zu der ihrigen, wenn auch nicht unter demselben Gepränge und mit derselben Feierlichkeit. Ich für meinen Teil stehe blind ein für Toby Vecks Behauptung, weil ich weiß, dass er genug Gelegenheit hatte, sich seine Überzeugung zu bilden, und was Toby Veck sagte, das sage ich auch und stelle mich an seine Seite, wiewohl er den ganzen

Tag – ein schweres Stück Arbeit – vor der Kirchentüre stehen musste.

Toby Veck war nämlich Dienstmann und wartete dort auf Aufträge. Im Winter zu warten war's freilich eine windige Stelle, wo man Gänsehaut bekam, rote Augen und blaue Nasen und sich Zähneklappern und erfrorene Zehen holen konnte. Toby Veck wusste davon ein Lied zu singen. Der Wind blies pfeifend um die Ecke, besonders der Ost. Als wenn er von den äußersten Grenzen der Erde daherkäme, um Toby anzublasen. Und manchmal schien er ihn früher angetroffen zu haben, als er vermutet, denn wenn er um die Ecke kam und an Toby vorüberfuhr, kehrte er plötzlich wieder um, als wollte er sagen, aha, da ist er ja schon. Dann zog er ihm seine kleine, weiße Schürze über den Kopf wie einem nichtsnutzigen Buben das Röckchen, und dann zitterten Toby die Beine, und sein kleiner, schwacher Rohrstock rang vergebens gegen die Stöße und bog sich auf dem Boden krumm. Toby wurde hin und her gebeutelt, gezerrt und gezaust, geschoben und gehoben, bis er ganz schief stand, dass nicht viel mehr fehlte, und er wäre wie ein Frosch, eine Schnecke oder ein anderes tragbares Geschöpf durch die Luft geführt und wieder herabgeregnet worden in einem fremden Erdteil zum großen Erstaunen wilder Eingeborner, denen ein Dienstmann etwas Unbekanntes ist.

Trotzdem war windiges Wetter für Toby, wenn es ihn auch hart mitnahm, so eine Art Feiertag. Tatsache! Die Zeit, bis er wieder einen Sixpence verdiente, wurde ihm bei Wind nicht so lang wie bei anderer Witterung. Seine Aufmerksamkeit, wenn er mit dem ungestümen Element zu kämpfen hatte, war nicht so gespannt. Und es erfrischte ihn förmlich, wenn er hungrig und missmutig werden wollte. Scharfer Frost oder Schneefall gehörten auch zu den »Ereignissen« und schienen ihm in ihrer Art gutzutun, wiewohl es schwer ist zu sagen, in welcher. Also Wind und Frost und Schnee und vielleicht auch ein handfester Hagelsturm waren in Toby Vecks Kalender rot angestrichene Tage.

Bloß Regenwetter war ihm das ärgste. Die kalte, feuchte, klamme Nässe hüllte ihn dann wie in einen feuchten Mantel, die einzige Art von Mantel, die sich Toby leisten durfte, deren Entbehrung aber zu seiner Behaglichkeit nur beigetragen hätte. Nasse Tage, wenn der Regen langsam, dick und hartnäkkig niederfiel, wenn die Straßen voll Nebel staken, dass er fast erstickte, und dunstende Regenschirme hin und her liefen und rotierten, wie Kreisel auf den dichtgedrängten Trottoirs aneinander prallten und kleine Wirbel lästigen Sprühwassers von sich schleuderten; nasse Tage, wo die Rinnsteine rauschten und die vollen Dachrinnen lärmten, wo die Nässe von den vorspringenden Kanten des Kirchendachs trip, trip, trip auf Toby tropfte und das Bündel Stroh, auf dem er stand, in Schlamm verwandelte. Ja, das waren Tage, die seine Geduld arg auf die Probe stellten. Dann sah er aus seinem Versteck in der Ecke der Kirchenmauer, dem dürftigen Obdach, das in der Sommerszeit kaum so viel Schatten warf wie ein mäßiger Spazierstock, sehnsuchtsvoll bekümmert und mit langem Gesicht hervor. Wenn er aber eine Minute später herauskam, um sich durch Bewegung zu erwärmen, und einige Dutzende Male auf und nieder getrabt war, dann hellten sich seine Mienen bald wieder auf, und er kehrte versöhnt in seine Nische zurück.

Man nannte ihn Trotty oder Trotter nach seiner Gangart, die darauf zugeschnitten war, den Anschein großer Schnelligkeit vorzutäuschen. Mit ruhigen Schritten hätte er wahrscheinlich viel schneller gehen können, aber hätte man Toby seinen Trab genommen, er wäre bettlägerig geworden und gestorben. Das Traben bespritzte ihn mit Schmutz bei kotigem Wetter, es kostete ihn unsäglich mehr Mühe und Plage als ein ruhiger, bequemer Gang, aber gerade das war ein Grund, weshalb er so hartnäckig an ihm festhielt. Ein schwacher, kleiner, dünner alter Mann in körperlicher Hinsicht, war Toby ein wahrer Herkules an gutem Willen. Es machte ihm Freude, sein Geld schwer zu verdienen, es machte ihm Vergnügen zu glauben – er war sehr arm, und mit dem »Vergnügen« sah es spärlich aus – , dass er seinen Mann stellte. Hatte er für einen Shilling oder achtzehn Pence eine Botschaft zu besorgen oder ein kleines Paket zu tragen, dann schwoll ihm der Kamm. Wenn er dahertrabte, rief er den Eilpostboten, die vor ihm hergingen, zu, sie möchten ihm doch aus dem Wege gehen, da er davon durchdrungen war, er müsse sie selbstverständlich überholen und über den Haufen rennen. Ebenso war er der felsenfesten Überzeugung, wenn er auch nie in Versuchung kam, sich auf die Probe zu stellen, dass er alles zu *tragen* vermöchte, was ein Sterblicher vom Boden zu lüpfen imstande sei.

So trabte Toby selbst dann, wenn er auf ein paar Schritte bei nassem Wetter aus seinem Winkel hervorkam, um sich zu wärmen. Mit seinem schadhaften Schuhwerk eine krumme Linie von aufgeweichten Fußstapfen im Straßenschmutz hinterlassend, die erstarrten Hände blasend und reibend, die von der eindringenden Kälte nur spärlich durch fadenscheinige graue Wollfäustlinge mit einer besonderen Abteilung für den Daumen und einem gemeinschaftlichen Raume für die übrigen Finger geschützt waren, mit krummen Knien und dem Rohrstock unter dem Arm, trabte Toby rastlos. Auch wenn er auf die Straße trat, um nach den Glocken zu sehen, wenn es läutete, – – trabte er.

Diese Sorte Ausflug machte er mehrmals am Tage, denn sie waren seine Gefährten, die Glocken, und wenn er ihre Stimme hörte, dann zog es ihn, hinaufzublicken und darüber nachzusinnen, wie sie in Bewegung gesetzt wurden und wie wohl die Hämmer aussehen möchten, die auf sie schlügen. Vielleicht interessierten ihn die Glocken auch deswegen, weil ihr Leben so viel Berührungspunkte mit dem seinigen hatte. Sie hingen dort bei Wetter und Wind, durften bloß die Außenseite der Häuser anschauen und kamen nie in die Nähe der lodernden Feuer, die durch die Fenster schimmerten oder aus den Schornsteinen herausstoben. Sie hatten auch keinen Anteil an all den guten Dingen, die dort von der Straße durch die Türen oder durch die Gitter der Küchenfenster schwelgerischen Köchen überantwortet wurden. Und zeigten sich zuweilen an den Fenstern Gesichter und verschwanden wieder – manchmal hübsche, junge, liebliche Gesichter, manchmal das Gegenteil –, Toby konnte ebenso wenig – und wenn er noch so über all das nachdachte – wie die Glocken dahinterkommen, woher sie kamen oder wohin sie gingen oder ob sie ihn meinten, wenn sic freundlich die Lippen bewegten. Toby war kein Kasuist – wenigstens wusste er es nicht, und ich will nicht behaupten, dass er alle diese Betrachtungen eine nach der andern anstellte oder mit seinen Gedanken eine Art Heerschau abgehalten hätte, aber was ich sagen will, ist, dass – wie zum Beispiel seine leiblichen Funktionen ohne sein Wissen und seine spezielle Erlaubnis arbeiteten –, so auch seine geistigen Fähigkeiten, und dass sie seine Sympathie zu den Glocken stets lebendig hielten.

Und wenn ich gesagt hätte: »Seine Liebe lebendig erhielten«, so würde ich das Wort nicht zurücknehmen, wenn es auch seine komplizierten Empfindungen nicht vollständig ausgedrückt haben würde. Als schlichter Mann umkleidete er die Glocken mit fremdartigen und feierlichen Eigenschaften. Sie waren so geheimnisvoll. Man hörte sie oft und sah sie nie, sie hingen so hoch oben, waren so weit weg und doch so voll von tiefer, kräftiger Melodie, dass er sie mit einer Art Ehrfurcht betrachtete und, wenn er *aufsah* zu dem dunklen Bogenfenster im Turm, so halb und halb erwartete, etwas, was zwar keine Glocke, aber doch dasjenige wäre, was er so oft im Glockengeläute klingen hörte, werde ihm winken. Und deswegen trat Toby mit Entrüstung den Gerüchten, die im Umlaufe waren, nämlich dass es bei den Glocken spuke, als etwas Gehässigem und Sündhaftem entgegen. Kurz, sie klangen ihm oft in den Ohren und noch öfter im Herzen, aber immer im besten Sinn, und oft bekam er einen so steifen Hals, wenn er zu lange mit offenem Munde nach dem Turme gegafft hatte, dass er nachher einmal oder zweimal mehr Trab laufen musste, um ihn wieder los zu werden.

Er hatte das an einem kalten Tage eben wieder getan, als der letzte schläfrige Klang der zwölften Stunde wie eine melodische Riesenbiene – aber keine geschäftige – durch den Glockenstuhl summte.

»Mittagszeit – aha«, sagte Toby und trabte vor der Kirche auf und ab. »Aha!«

Tobys Nase war sehr rot, und seine Augenlider auch. Er zwinkerte viel und zog seine Schultern so nah wie möglich an die Ohren, und seine Beine waren sehr steif, kurz, er war außerordentlich durchfroren.

»Aha, Mittagszeit«, wiederholte Toby, indem er sich mit seinen Fäustlingen wie mit Boxhandschuhen auf die Brust schlug. Zur Strafe, weil sie so kalt war. »Aha – ha – ha.«

Dann trabte er ein oder zwei Minuten schweigend auf und ab.

»Es ist nichts los«, sagte Toby, blieb dann plötzlich stehen und befühlte bestürzt seine Nase ihrer ganzen Länge nach. Da er nicht viel von einer Nase hatte, war er damit bald fertig.

»Ich dachte schon, sie wäre weg«, sagte Toby und trabte weiter. »Es ist aber alles in Ordnung. Ich hätte ihr keinen Vorwurf machen können. Sie hat einen harten Dienst bei diesem kalten Wetter und wenig vom Leben, denn – – ich schnupfe nicht. Sie hat einen schweren Stand, das arme Ding, denn wenn sie einmal etwas Gutes riecht, was nicht oft geschieht, so kommt's gewöhnlich von anderer Leute Mittagessen. Es ist nichts regelmäßiger«, fuhr er fort, »als die Wiederkehr der Mittagszeit, und nichts unregelmäßiger als das Mittagessen. Da liegt der große Unterschied zwischen beiden. Ich habe lange gebraucht, um das so klar zu erfassen. Ich möchte gerne wissen, ob es sich für einen Gentleman verlohnte, diese Observatschon an die Zeitung zu verkaufen oder vors Parlament zu bringen.«

Toby meinte es nicht ernst, denn er schüttelte den Kopf dazu.

»Die Zeitungen sind voll von Observatschonen wie diese und das Gleiche ist's mit dem Parlament. Hier das letzte Wochenblatt«, und er nahm eine sehr schmutzige Zeitung aus der Tasche und hielt sie vor sich hin. »Voll von Observatschonen! Voll von Observatschonen! Ich lese die Zeitungen so gern wie nur irgendjemand«, sagte Toby langsam, legte das Blatt noch kleiner zusammen und steckte es wieder in die Tasche. »Aber jetzt geht's mir schon gegen den Strich. Es jagt mir beinah Schrecken ein. Ich weiß nicht, was aus uns armen Leuten werden soll. Gott gebe, dass wir's im neuen Jahr etwas besser haben.«

»Vater, Vater!«, sagte eine liebliche Stimme ganz in der Nähe.

Aber Toby hörte sie nicht und trabte auf und nieder, sinnend und mit sich selbst sprechend:

»Mir scheint, wir haben uns verirrt, gehen irr oder sind irr. Ich hatte nicht viel Schule, als ich jung war, und kann nicht ins Reine kommen, haben wir etwas auf der Erde zu schaffen oder nicht? Manchmal denke ich, es müsse doch so der Fall sein. Ein bisschen wenigstens. Dann wieder denke ich, wir müssen uns hier nur so eingeschlichen haben. Manchmal bin ich so irr, dass ich nicht einmal herauskriegen kann, ob überhaupt etwas Gutes an uns ist oder ob wir von Natur böse sind. Es heißt, wir verüben schreckliche Dinge, geben Anlass zur Klage, verbreiten Wirrnis überall, – – man müsse sich vor uns in acht nehmen. Immer ist die Zeitung voll von uns. Neujahrsgespräch sind wir«, sagte Toby traurig. »Ich kann so viel schleppen wie irgendjemand auf der Welt und mehr als die meisten, denn ich bin stark wie ein Löwe; die andern sind's nicht. Aber wenn wir wirklich kein Recht auf ein neues Jahr haben und uns wirklich nur eingeschlichen haben – – – – –«

»Aber Vater, Vater!«, rief die liebliche Stimme wieder. Diesmal hörte es Toby, fuhr zusammen, stand still und sah sich wieder aus seinem Nachdenken über die Möglichkeit eines aufdämmernden Lichts im kommenden Jahr in die Gegenwart zurückversetzt und seiner Tochter gegenüber. Er sah ihr in die Augen – glänzende Augen – , in denen eine Welt lag von unergründlicher Tiefe. Dunkle Augen, die die Blicke spiegelten, die sie ergründen wollten; klare, ruhige, ehrliche Augen von beständigem Glanz wie das Himmelslicht. Schöne, treue Augen, die von Hoffnung glänzten – von junger, frischer Hoffnung – , von einer Hoffnung, so erhebend kräftig und leuchtend, trotz zwanzig Jahren Arbeit und Armut, dass sie für Trotty Veck zu einer Stimme wurden und sagten: »Ich denke doch, wir haben auf Erden etwas zu schaffen – ein klein wenig.«

Trotty küßte die Lippen, die zu den Augen gehörten, und nahm das blühende Gesicht zwischen seine Hände.

»Nun, Herzblatt«, sagte Trotty, »was gibt's? Ich hab dich heute nicht erwartet, Meg.«

»Ich dachte auch nicht, dass ich kommen könnte, Vater«, sagte das Mädchen und nickte mit dem Kopf und lächelte. »Aber da bin ich, und nicht allein; nicht allein!«

»Du willst doch nicht sagen«, bemerkte Toby und blickte neugierig auf einen verdeckten Korb, den sie in der Hand trug, »dass du – – –«

»Riech doch, lieber Vater«, sagte Margaret, »riech nur.«

Trotty wollte sofort den Deckel aufheben, doch sie hielt scherzend ihre Hand darauf.

»Nein, nein, nein«, sagte sie, übermütig wie ein Kind, »zieh's noch ein bisschen in die Länge. Ich werde nur den Rand ein wenig wegschieben, den – – den Rand«, sagte Meg und tat es mit größter Vorsicht und sprach so leise, als ob sie fürchtete, von irgendetwas im Korbe gehört zu werden. »Nun? Was ist drin?«

Toby schnupperte, dann rief er voll Entzücken aus: »Das ist ja was Heißes!«

»Kochend heiß«, jauchzte Meg, »ha, ha, ha, siedend heiß.«

»Hahahä«, lachte Toby und machte einen Luftsprung, »siedend heiß.«

»Aber was ist drin, Vater?«, fragte Meg. »Komm, du hast noch nicht geraten, was drin ist. Du musst doch raten. Ich nehm es nicht eher heraus, bis du nicht erraten hast, was drin ist. Nur nicht so schnell, warte ein bisschen. Ich will dir den Deckel ein wenig mehr aufmachen. So, jetzt rate.«

Meg hatte die größte Angst, dass er am Ende zu bald darauf kommen könnte, und zuckte immer wieder zurück, wenn sie ihm den Korb hinhielt, zog ihre hübschen Schultern in die

Höhe und hielt sich das Ohr mit der Hand zu, als könne sie dadurch das rechte Wort in Tobys Mund zurückdrängen, und lachte immerfort leise in sich hinein.

Inzwischen beugte sich Toby, auf jedem Knie eine Hand, mit der Nase nach dem Korbe nieder und tat an dem Deckel einen langen Zug.

Sein verwirrtes Gesicht nahm einen Ausdruck an, als atme er Lachgas ein.

»Ah, das ist ja was Hochfeines«, sagte Toby, »es sind doch nicht am Ende gar polnische Würste?«

»Nein, nein, nein!«, schrie Meg entzückt. »Es sind nicht polnische Würste.«

»Nein«, sagte Toby und tat einen neuen Zug. »Es ist milder als Polnische. Es riecht fabelhaft fein, es riecht immer besser und besser. Es riecht zu scharf für Kalbshaxen. Was?«

Meg war in Ekstase. Er konnte nicht noch mehr danebenraten als mit Kalbshaxen oder gar mit Polnischen.

»Leber«, sagte Toby und ging mit sich selbst zu Rate. »Nein, soviel Milde hat Leber nicht. Schweinsknöchel? Nein, es ist nicht schwach genug für Schweinsknöchel. Und für Hahnenköpfe fehlt's ihm an Schärfe. Bratwürste sind's nicht, das weiß ich. Ich will dir sagen, was es ist. Es sind – Kaldaunen!«

»Keine Spur!«, schrie Meg, außer sich vor Entzücken. »Keine Spur!«

»Was mir alles durch den Kopf schießt«, sagte Toby und nahm plötzlich eine Stellung an, so schief, wie es die Gesetze der Anziehungskraft der Erde nur irgend erlaubten, »ich werde nächstens schon nicht mehr wissen, wie ich heiße. Ha! Kuttelfleck ist's.«

Richtig, Kuttelfleck war es, und Margaret versicherte hocherfreut, in einer halben Minute werde er sagen, es seien die besten Kuttelflecke, die jemals gedämpft worden seien.

»Und jetzt«, sagte Meg und machte sich vergnügt mit dem Korb zu schaffen, »will ich aufdecken, Vater, denn ich habe die Kuttelflecke in einer Schüssel gebracht und ein Taschentuch drumgebunden, und wenn ich einmal so hochfahrend bin und benütze es als Tischtuch und nenne es so, so verstößt das gegen kein Gesetz, oder doch, Vater?«

»Nicht dass ich wüsste, mein Liebling«, sagte Toby, »wiewohl immer neue Gesetze aufkommen.«

»Weißt du noch, was ich dir neulich aus der Zeitung vorlas, Vater, was der Richter sagte! Wir armen Leute müssten alle Gesetze kennen! Nein, so was, du meine Güte, für wie gescheit sie uns halten!«

»Ja, mein Liebling!«, rief Trotty, »und wie sie uns dann gerne hätten, wenn wir sie alle wüssten. Fett würden wir von der Arbeit, die wir bekämen, und heiß geliebt von den Vornehmen wären wir. Und wie!«

»Man hätte dann immer ein Mittagessen, das so gut röche wie dieses«, sagte Meg lustig. »Mach schnell, denn es ist auch eine heiße Kartoffel dabei und ein Quart Bier in der Flasche. Wo willst du essen, Vater? Auf dem Geländer oder auf den Stufen dort? Was wir für große Leute sind! Zwischen zwei Plätzen können wir wählen!«

»Heute auf den Stufen, Herzblatt«, sagte Trotty. »Bei trocknem Wetter auf den Stufen – auf dem Geländer, wenn's regnet. Auf den Stufen ist's viel bequemer von wegen des Sitzens, bei feuchtem Wetter, da gäbe es Rheumatismus.«

»Also hier«, sagte Margaret und klatschte in die Hände, nachdem sie alles vorbereitet. »Hier, hier steht's! Und wie fein es aussieht! Komm, Vater, setz dich!«

Seitdem Trotty drauf gekommen war, was der Korb enthielt, hatte er dagestanden und zerstreut sie angesehen und ebenso gesprochen, was bewies, dass – obgleich sie mit Ausschluss sogar der Kuttelflecke ihm vor Augen und Gedanken stand, er sie dennoch nicht sah, wie sie in diesem Augenblicke war, sondern dass offenbar irgendein phantastisches Bild, ein unbestimmtes Drama ihres zukünftigen Lebens ihm vorschwebte. Von ihrer muntern Aufforderung aus seinem Traum gerissen, wollte er eben melancholisch den Kopf schütteln, bezwang sich aber und trat an ihre Seite, da läuteten gerade, wie er sich niedersetzen wollte, die Glocken.

»Amen!«, sagte Trotty, nahm den Hut ab und blickte empor.

»Amen? Den Glocken, Vater?«, fragte Margaret.

»Sie fielen ein wie zum Gebet, mein Liebling«, sagte Trotty und setzte sich. »Ich bin überzeugt, sie sprächen ein gutes Gebet, wenn sie's nur könnten. Viele freundliche Dinge sagen sie mir oft.«

»Die Glocken?«, lachte Meg, als sie die Schüssel, Messer und Gabel vor ihm hinsetzte. »So, so.«

»Ja, bestimmt, mein Liebling«, sagte Trotty und fiel über seine Mahlzeit her. »Wenn ich sie nur höre, was ist da für ein Unterschied, ob sie da sprechen oder nicht. – Gott segne dich, mein Kind!«, fuhr Toby fort und deutete mit der Gabel nach dem Turm und wurde immer lebendiger durch das Essen. »Wie oft hab ich diese Glocken sagen hören: Toby Veck, Toby, sei guten Muts, Toby, Toby Veck, Toby Veck, sei guten Muts, Toby! Tausende Male und öfter noch.«

»So, so, ich nicht!«, rief Meg.

Und doch hatte sie's aber- und abermal gehört, denn es war doch das ewige Gesprächsthema Tobys.

»Wenn die Geschäfte schlecht gehen, so ganz schlecht, ich meine, so schlecht wie nur überhaupt möglich, dann klingt's von dort her: Toby Veck, Toby Veck, bald kommt was.«

»Und es kommt auch was schließlich, Vater!«, sagte Meg mit einem Anflug von Traurigkeit in ihrer lieblichen Stimme.

»Immer«, antwortete der arglose Toby. »Niemals bleibt's aus.«

Während dieser ganzen Unterhaltung setzte Toby ohne Unterlass seinen Angriff auf das duftige Mahl fort, das vor ihm stand, und schnitt und aß, und schnitt und trank, und schnitt und kaute, und stach mit der Gabel vom Kuttelfleck nach den Erdäpfeln und von den Erdäpfeln nach dem Kuttelfleck mit nimmer ermüdendem Appetit. Als er aber seinen Blick für den Fall, dass irgendjemand aus irgendeiner Tür oder einem Fenster nach einem Dienstmann winken sollte, ringsum die Straße schweifen ließ, da fielen seine Augen auch auf Meg, die mit verschränkten Armen gegenübersaß und ihm mit glücklichem Lächeln beim Essen zusah.

»Gott vergebe mir«, sagte Toby und ließ Messer und Gabel sinken, »Meg, mein Täubchen, warum machst du mich nicht aufmerksam, was ich für eine Bestie bin!«

»Wieso, Vater?«

»Ich sitze hier«, sagte Toby reuevoll, »und propfe und stopfe mich voll und fresse mich tot, und du sitzest vor mir und fastest und hast nichts zu essen, während –«

»Ich habe doch schon gegessen, Vater«, unterbrach ihn seine Tochter lachend, »habe schon längst mein Essen unten.«

»Unsinn«, sagte Trotty, »zwei Mittagessen an einem Tag, so was gibt's nicht. – Du könntest mir ebenso gut weismachen, dass zwei Silvester zusammenfielen oder dass ich einen Goldfuchs gehabt und ihn nie gewechselt hätte.«

»Trotzdem habe ich mein Mittagessen doch schon gegessen, Vater«, sagte Meg und trat näher an ihn heran. »Und wenn du weiteressen willst, werde ich dir dabei erzählen, wo und wie, und wie ich zu deinem Mittagsmahl kommen konnte und es dir herbringen und – – – sonst noch etwas.«

Toby schien noch immer ungläubig, aber sie blickte ihm ins Gesicht mit ihren klaren Augen, legte ihm die Hand auf die Schulter und bat ihn, doch nicht aufzuhören, solange es noch heiß sei. Da nahm Trotty Messer und Gabel wieder zur Hand und ging wieder ans Werk, aber viel langsamer als vorher und kopfschüttelnd; als sei er mit sich gar nicht zufrieden.

»Vater«, sagte Meg nach einigem Zaudern, »ich habe mit – Richard gegessen. Er machte zeitig Mittag, und da er sein Essen mitbrachte, als er mich besuchte, da – da haben wir es miteinander geteilt, Vater.«

Trotty nahm einen Schluck Bier und schnalzte mit den Lippen. Dann sagte er: »Oh!« – Weil sie wartete.

»Und Richard sagt –«, nahm Meg wieder das Wort und zögerte.

»Was sagt Richard denn, Meg?«, fragte Toby.

»Richard sagt, Vater«, und wieder zögerte sie.

»Dass Richard so lange braucht, um etwas zu sagen!«, meinte Toby.

»Er sagt also, Vater«, fuhr Meg fort mit deutlicher Stimme, die aber ein wenig zitterte, und schlug ihre Augen auf, »er sagt, es sei schon wieder ein Jahr um, und was das für einen Nutzen hätte, von Jahr zu Jahr zu warten, wo es doch so unwahrscheinlich sei, dass wir jemals in bessere Verhältnisse kämen. Er sagt, wir wären jetzt arm, Vater, und würden es auch später sein. Jetzt aber wären wir noch jung, und die Zeit würde uns alt machen, ehe wir es merkten. Er sagte, wenn Leute wie wir warteten, bis der Weg geebnet sei, dann würde er uns gerade zum Grabe geebnet sein.«

Es hätte ein Mann von größerer Kühnheit dazu gehört als Toby Veck, um darauf etwas Stichhaltiges erwidern zu können. Daher schwieg er.

»Und wie hart ist's, Vater, alt zu werden und zu sterben und denken zu müssen, wir hätten einander erfreüen und beistehen können. Wie hart, uns unser Leben lang zu lieben und jedes für sich allein zu arbeiten und sich abzuhärmen und abzuzehren und einander alt und grau werden zu sehen. Selbst wenn ich's über mich brächte – was ich nie könnte – und ihn vergäße, o lieber Vater, wie hart ist's doch, ein Herz im Leibe zu haben, so voll wie das meine, und es langsam verdorren zu lassen, ohne auch nur einen einzigen glücklichen Augenblick in dem Leben des Weibes gehabt zu haben, der mich trösten und besser machen könnte.«

Trotty saß ganz still. Meg trocknete ihre Augen und sagte lachend und seufzend zugleich: »Das sagt Richard, Vater. Da er nun für einige Zeit gesicherte Arbeit hat und weil ich ihn liebe und schon drei Jahre liebe – viel länger als er weiß –, so wollen wir uns am Neujahrstag, dem besten und glücklichsten Tag im Jahr, heiraten. Weil das sicher Glück bringen muss. Es ist freilich eine kurze Frist, Vater, nicht wahr? Aber es braucht ja nicht erst mein Vermögen geordnet oder mein Brautkleid gemacht zu werden wie bei großen Damen, Vater! Nicht wahr? Das sagte er alles und sagte es in seiner Weise, fest und entschlossen und doch so gut und freundlich, dass ich ihm versprach, mit dir zu reden. Und da man mir ganz unerwartet diesen Morgen meine Arbeit bezahlt hat und du eine ganze Woche so spärlich gelebt hast, so wollte ich uns aus dem heutigen Tag einen Feiertag machen und brachte dir ein kleines Festessen mit, lieber Vater, um dich zu überraschen.«

»Schau nur, wie kalt er es auf der Treppe werden lässt.« Es war die Stimme des besagten Richard, der unbemerkt herangekommen war und vor Vater und Tochter stand und auf sie niederblickte, mit einem Gesicht so rot wie das Eisen, auf das tagaus, tagein sein gewaltiger Schmiedehammer niedersauste. Ein hübscher, wohlgebauter, kraftvoller, junger Bursche war er, mit Augen, die sprühten wie die glühenden Funken der Esse, und schwarzen Haaren, die sich prächtig um seine gebräunten Schläfen lockten, und mit einem Lächeln, das Megs Lobeshymnen in sehr begreiflichem Licht erscheinen ließ.

»Schau nur, wie er es auf den Stufen kalt werden lässt«, sagte Richard. »Meg weiß nicht einmal, was er gerne isst.«

Trotty, ganz Feuer und Flamme, reichte Richard sogleich die Hand und wollte eben etwas in großer Hast sagen, als sich die Haustüre unversehens öffnete und ein Bedienter beinahe in die Kuttelflecke trat.

»Aus dem Weg da. Müsst Ihr Euch immer auf unsere Treppen setzen! Könnt Ihr nicht einmal mit dem Haus daneben abwechseln, was! Werdet Ihr Euch wohl aus dem Weg scheren oder nicht!«

Die letzte Frage war überflüssig, denn es war bereits geschehen.

»Was gibt's? Was gibt's?«, fragte der Herr, dem die Tür aufgemacht wurde und der mit dem geheuchelt mühelosen Schritt aus dem Hause trat, der einen Gentleman verrät. Einen, der mit knarrenden Stiefeln, einer Uhrkette und weißer Wäsche den

Berg des Lebens bereits wieder hinabsteigt und stets eine Würde zur Schau trägt und sich immer den Anschein gibt, als stäke er mitten in wichtigen und ernsten Geschäften. »Was gibt's? Was gibt's?«

»Kniefällig soll man Euch vielleicht bitten, dass Ihr unsere Treppe in Ruhe lasst«, sagte der Bediente in großer Erregung zu Toby Veck. »Ihr könnt sie nicht in Ruhe lassen. Es kann und darf nicht sein, was?«

»Na, ist schon gut, ist schon gut«, sagte der Herr. »Hallo, Sie da! Dienstmann!« Und er winkte Toby Veck mit dem Kopfe. »Kommen Sie mal her. Was ist das? Euer Mittagessen?«

»Ja, Sir«, sagte Trotty und ließ es in einer Ecke stehen.

»Lassen Sie's nicht dort stehen. Bringen Sie es her, bringen Sie es her! So, das ist also Euer Mittagessen, was?«

»Ja, Sir«, erwiderte Trotty und blickte mit starrem Auge und wässerigem Mund nach dem Stück Kuttelfleck, das er sich als letzten Leckerbissen aufgehoben hatte und das der Herr jetzt mit der Gabel aufspießte und umdrehte.

Zwei andere Herren waren mit jenem zugleich aus dem Hause getreten. Der eine war ein niedergeschlagener Gentleman von mittlern Jahren mit dürftiger Kleidung und unzufriedenem Gesicht; er hatte beständig die Hände in den Taschen seiner pfeffer- und salzfarbigen, engen Hose, die infolge dieser Gewohnheit weit abstanden wie Ohren. Er war nicht besonders rein gewaschen und gebürstet. Der dritte Herr dagegen war von gewichtiger Statur und sorgfältig geschniegelt. Er trug einen blauen Frack mit blanken Knöpfen und eine weiße Halsbinde. Sein Gesicht war sehr rot, als ob das ganze Blut des Körpers in seinem Kopfe kreiste. Man hatte das Gefühl, als ob er aus diesem Grunde ein kaltes Herz haben müsse.

Derjenige, der Tobys Mittagsmahl auf der Gabel herumdrehte, rief den ersten unter dem Namen Filer an, und beide steckten jetzt die Köpfe zusammen. Da Mr Filer außerordentlich kurzsichtig war, so musste er so nahe mit dem Gesicht an das Überbleibsel von Tobys Mittagessen heran, um es zu erkennen, dass sich dem armen Trotty fast das Herz im Leibe umdrehte. Aber Mr Filer aß es nicht.

»Es ist eine Art animalischen, essbaren Stoffes, Alderman«, sagte Filer und bohrte mit dem Bleistift kleine Löcher hinein, »der der Arbeiterklasse dieses Landes unter dem Namen Kuttelfleck bekannt ist.«

Der Alderman lachte und zwinkerte mit einem Auge, denn er war ein gar spaßhafter Herr, der Alderman Cute. Und ein Schlaukopf obendrein. Ein Eingeweihter! Einer, der alles wusste und alles kannte. Der tief hineinsah in des Volkes Herz. Wenn es je einer durchschaut hatte, so war es Cute.

»Wer aber isst Kuttelfleck?«, sagte Mr Filer und blickte umher. »Kuttelfleck ist ohne Ausnahme der wenigst ökonomische, verschwenderischste Konsumartikel, den die Märkte dieses Landes möglicherweise produzieren können – überhaupt nur produzieren können. Man hat herausgefunden, dass ein Pfund Kuttelfleck beim Kochen sieben Achtel an Gewicht verliert, ein Fünftel mehr als irgendeine andere animalische Substanz. Kuttelflecke sind im eigentlichen Sinn des Wortes luxuriöser als Treibhausananas. Wenn man die Zahl der Rinder rechnet, die jährlich nur innerhalb des Stadtweichbildes geschlachtet werden, und die Quantität der Kuttelflecke, die die Leiber dieser Rinder ergeben, noch so niedrig anschlägt und den Wegfall gar nicht berechnet, so ergibt sich, dass von dem Verluste der Kuttelflecke, der durch das Kochen entsteht, eine Garnison von fünfhundert Mann fünf einunddreißigtägige Monate und einen Februar lang leben könnte. Diese Verschwendung! Diese Verschwendung!«

Trotty stand mit offenem Munde da, und die Knie schlotterten ihm. Er sah aus, als wenn er eine Garnison von fünfhundert Mann eigenhändig ausgehungert hätte.

»Wer isst Kuttelflecke?«, fragte Mr Filer mit Wärme. »Wer isst Kuttelflecke?«

Trotty verbeugte sich kläglich.

»Ihr? Ihr?«, fragte Mr Filer. »Dann will ich Euch etwas sagen, mein Freund. Ihr schnappt Eure Kuttelflecke den Witwen und Waisen vor dem Munde weg.«

»Ich hoffe doch nicht«, sagte Trotty schüchtern. »Da möchte ich lieber Hungers sterben!«

»Dividieren Sie die vorher erwähnte Zahl von Kuttelfleck«, fuhr Mr Filer fort, »mit der ungefähren Zahl der Witwen und Waisen, und ein Gramm Kuttelfleck wird auf jede einzelne entfallen, Alderman! Und nicht ein Jota bleibt für den Mann übrig! Folglich ist er ein Räuber!«

Trotty war so erschüttert, dass es ihn gar nicht bekümmerte, als der Alderman das Stückchen Kuttelfleck selber verzehrte. Er war fast froh, es los zu sein.

»Und was sagen Sie?«, fragte der Alderman aufgeräumt den Herrn mit dem roten Gesicht und dem blauen Frack. »Sie haben Freund Filer gehört. Was sagen Sie dazu?«

»Was kann man dazu sagen?«, entgegnete der Gentleman. »Was lässt sich da sagen? Was soll einen an einem Kerl wie diesem«, er deutete auf Trotty, »interessieren in einer Zeit des Verfalles wie der unsrigen. Schauen Sie ihn nur an. Was für ein Geschöpf! O die gute, alte Zeit, die grandiose, alte Zeit! Die trefflichen alten Zeiten! Das waren so die rechten Zeiten für einen kühnen Bauernstand. Das war noch eine Zeit, mit der man etwas anfangen konnte. Heute gibt's das nicht mehr. Ach, die guten, alten Zeiten! Die guten, alten Zeiten!«

Er sprach sich nicht näher aus, was für Zeiten er meinte. Auch wollte er nicht etwa in einer Anwandlung von Selbstlosigkeit sagen, er mache der Gegenwart Vorwürfe, weil sie nichts Wichtigeres als seine Person hervorgebracht.

»Die guten, alten Zeiten! Die guten, alten Zeiten!«, wiederholte er in einem fort. »Das waren noch Zeiten! Zeiten, einzig in ihrer Art! Was soll man da noch von andern Zeiten reden oder gar diskutieren! Was für ein Volk jetzt lebt! Sie werden das doch nicht eine ›Zeit‹ nennen wollen, was jetzt ist. Sehen Sie nur einmal Strutts Trachtenbilder an, und Sie werden wissen, was ein Dienstmann war. Im guten, alten England!«

»Wenn's einem Dienstmann noch so gut ging, hatte er nicht einmal ein Hemd über den Buckel zu ziehen oder einen Strumpf auf dem Fuß, und kaum ein Gewächs in ganz England wuchs ihm für den Schnabel«, warf Mr Filer ein. »Ich kann es durch Tabellen beweisen.«

Aber immer noch pries der Gentleman mit dem roten Gesicht die guten, alten Zeiten, die großen, alten Zeiten, die grandiosen, alten Zeiten. Er ließ sich nichts dreinreden. Er drehte sich im Kreise seiner Phrasen wie ein Eichhörnchen in seiner Käfigmühle, deren Mechanismus es ebenso wenig begreift, wie der Herr mit dem roten Gesicht etwas Genaues über sein verschwundenes tausendjähriges Reich wusste.

In Trottys armem Kopf staken möglicherweise auch noch Reste von Ehrerbietung vor diesen nebelhaften, alten Zeiten, denn es war ihm ganz wirr zumute. Eins aber war ihm klar in seiner großen Trübsal, nämlich: Wenn auch diese Herren untereinander verschiedener Meinung waren, seine alten Ahnungen von heute und gestern waren also doch begründet. »Nein, nein, nein, wir haben uns verirrt vom rechten Wege«, dachte er voller Verzweiflung, »es steckt nichts Gutes in uns. Wir sind böse von Natur.«

Aber Trotty hatte auch ein väterliches Herz in der Brust, das sich trotz solchem Schicksalsbeschluss an den rechten Fleck verirrt haben musste, denn er konnte es nicht ertragen, dass Margaret mitten in ihre Hochzeitsfreude von diesem weisen Herrn das Schicksal gesagt bekam. »Gott schütze sie«, dachte er, »sie wird's noch zeitig genug erfahren.«

Er gab daher dem jungen Schmied hastig einen Wink, er möge sie wegführen. Aber dieser war so vertieft in ein zärtliches Gespräch mit Meg, dass er erst aufmerksam wurde, als ihn bereits der Alderman Cute erblickt.

Hier hatte der Alderman seine Weisheit noch nicht anbringen können. Er war ein Philosoph, und was für ein praktischer; und da er keinen Zuhörer verlieren wollte, rief er: »Halt!«

»Sie wissen«, sagte der Alderman zu seinen beiden Freunden mit seinem gewohnten, selbstgefälligen Lächeln, »ich bin ein gerader Mann und ein Praktiker und gehe geradeaus und praktisch zu Werke. Das ist so meine Art. Für jemanden, der's versteht, mit dieser Sorte Leuten umzugehen und in ihrer eignen Weise mit ihnen zu sprechen, ist gar kein Geheimnis dabei. Sie da, Dienstmann, kommen Sie oder sonst jemand Ihresgleichen mir nicht damit, dass Sie nicht genug zu essen hätten oder nicht vom Besten, denn ich weiß das besser. Ich habe Ihre Kuttelflecke gekostet. Mich leimen Sie nicht. Sie wissen doch, was ›leimen‹ heißt, was? Das ist gerade das richtige Wort, was? Hahaha, lieber Himmel!«, und der Alderman wandte sich wieder an seine Freunde. »Es ist blitzeinfach, mit dieser Sorte Leuten umzuspringen. Man muss sie nur zu behandeln verstehen.«

Ein ausgezeichneter Mann für die niedern Volksschichten, der Alderman Cute!

Immer aufgeräumt und guter Laune, ein Gentleman, und doch immer leutselig und umgänglich!

»Schaut her, Freund! Was für Unsinn wird da geschwatzt über Entbehrungen und ›harte Zeiten‹. Ihr kennt doch die Redensart. Hahaha, ich werde sie ausrotten. Es wird da gefaselt von Hungersnot. Ich werde das schon ausrotten. So steht die Sache. Lieber Himmel«, fuhr der Alderman fort und wandte sich wieder an seine Freunde. »Man kann bei dieser Sorte Volk alles ausrotten, man muss es nur geschickt anfangen.«

Trotty nahm Margarets Hand und zog sie, ohne sich klar zu sein warum, durch seinen Arm.

»Eure Tochter, was?«, fragte der Alderman und griff dem Mädchen vertraulich unter das Kinn.

Immer leutselig mit den arbeitenden Klassen, der Alderman Gute! Er wusste, was ihnen gefiel, und war nicht im geringsten stolz.

»Und wo ist ihre Mutter?«, fragte der würdige Gentleman.

»Tot«, sagte Toby. »Ihre Mutter war Wäscherin und wurde in den Himmel berufen, als das Kind geboren wurde.«

»Doch nicht, um dort Wäsche zu waschen?«, scherzte der Alderman.

Mochte Toby imstande sein oder nicht, sich seine Frau im Himmel von ihrer alten Beschäftigung getrennt zu denken, so muss man sich doch fragen, wenn Mr Alderman Cutes Gattin im Himmel gewesen wäre, hätte sie vielleicht dort die Würde einer Frau Bürgermeisterin innegehabt?

»Und Ihr macht ihr wohl den Hof, was?«, sagte Cute zu dem jungen Schmied.

»Ja«, sagte Richard kurz, denn ihn ärgerte die Frage, »wir werden am Neujahrstag heiraten.«

»Was? Heiraten?«, fragte Filer scharf.

»Nun ja, daran denken wir, Meister«, sagte Richard. »Wir haben es eilig, wie Sie sehen. Damit wir nicht früher – ausgerottet werden.«

»Ach«, seufzte Filer tief auf, »rotten Sie das doch aus, Alderman. Damit täten Sie etwas Großes! Heiraten! Heiraten! Diese Unkenntnis der ersten Grundsätze der Nationalökonomie bei diesem Volk! Diese Unüberlegtheit und Niedertracht ist, beim Himmel, genügend, um – – – Sehen Sie sich nur einmal dieses Paar an, tun Sie mir den Gefallen.«

Sie waren allerdings des Ansehens wert, und eine Ehe schien etwas so Vernünftiges und Anständiges für sie zu sein wie nur irgendetwas.

»Man kann so alt werden wie Methusalem«, sagte Filer, »und sich das ganze Leben abplagen und Daten auf Zahlen, Zahlen auf Daten häufen, ganze Berge hoch, und Hopfen und Malz ist verloren, wenn man ihnen dann klar machen will, dass sie kein Recht haben zu heiraten. Und dass sie kein Recht haben, geboren zu werden. Wir wissen längst, dass sie kein Recht dazu haben. Wir haben das längst mathematisch erfasst und zur mathematischen Gewissheit erhoben.«

Alderman Cute amüsierte sich köstlich und legte seinen Zeigefinger an die Nase, als wollte er damit seinen beiden Freunden sagen: Jetzt gebt einmal acht, was ich tun werde. Seht einmal den Praktiker! Und er rief Meg zu sich.

»Komm hierher, Mädel«, sagte Alderman Cute.

Das Blut war während der letzten Minuten Megs Geliebtem heiß in den Kopf gestiegen, und er wollte sie nicht gehen lassen. Doch bezwang er sich und trat mit vor, als sie hinging, und stellte sich neben sie. Trotty hielt noch immer ihre Hand in seinem Arm, sah aber so verstört von einem Gesicht zum andern wie ein Träumender.

»Ich will dir mit ein paar Worten einen guten Rat geben, Mädel«, sagte der Alderman in seiner bekannt leutseligen Weise. »Es ist mein Beruf, Rat zu erteilen, denn ich bin eine Justizperson. Du weißt, dass ich eine Justizperson bin, nicht wahr?« Meg bejahte schüchtern. Jedermann wusste doch, dass Alderman Cute eine Justizperson war, und was für eine emsige. Der Stolz der Öffentlichkeit, der Alderman Cute!

»Du willst dich also verheiraten«, fuhr der Alderman fort, »recht unschicklich und ungeziemend, da du dem weiblichen Geschlecht angehörst. Doch davon wollen wir absehen. Wenn du aber verheiratet bist, wirst du dich mit deinem Mann herumzanken und ein elendes, unglückliches Weib sein. Du bedenkst das nicht, aber es wird so kommen, weil ich es dir sage. Ich warne dich, weil ich mich entschlossen habe, die elenden und unglücklichen Weiber auszurotten. Lass dich also in solcher Gestalt nicht vor mir sehen. Du wirst Kinder haben. Sagen wir, Jungen. Diese Jungen werden natürlich wild aufwachsen und in den Straßen Unfug treiben, barfuß und in Lumpen. Merk dir, mein gutes Kind: Ich werde sie summarisch bestrafen, jeden einzelnen, denn ich bin fest entschlossen, Jungen ohne Schuhe und Strümpfe auszurotten. Vielleicht – sogar höchstwahrscheinlich – wird dein Mann jung sterben und dich mit einem Wickelkind zurücklassen. Dann wirst du vor die Tür gesetzt und treibst dich in den Straßen herum. Dann lass dich nur ja nicht so vor mir sehen, meine Liebe, denn ich bin fest entschlossen, obdachlose Mütter auszurotten. Es ist überhaupt mein Entschluss, alle jungen Mütter aufzuräumen. Komme mir dann nicht etwa mit Krankheit oder kleinen Kindern als Entschuldigungsgrund, denn alle Kranken und kleinen Kinder –

ich hoffe, du kennst den Kirchengesang, ich fürchte, du kennst ihn nicht – werde ich ausrotten. Und solltest du vielleicht dich gar unterstehen, in undankbarer, gottloser und heuchlerischer Weise den Versuch zu machen, dich aufzuhängen oder zu ersäufen, so rechne nicht auf mein Mitleid, denn ich habe mich verschworen, den Selbstmord auszurotten. Untersteh dich also nicht. So liegen die Verhältnisse! Wir verstehen uns, was! Haha.«

Toby wusste nicht, ob er vor Schreck in die Erde sinken oder aufjauchzen sollte, als er sah, dass Meg, totenblass geworden, die Hand ihres Geliebten losgelassen hatte.

»Und was dich angeht, junger Hund«, sagte der Alderman und wandte sich mit noch größerer Leutseligkeit und bürgerlicher Herablassung an den jungen Schmied, »warum willst du denn mit aller Gewalt heiraten? Weshalb brauchst du denn zu heiraten, du einfältiger Bursche. Wenn ich ein junger, hübscher, kräftiger Kerl wäre wie du, ich würde mich schämen, ein solcher Schwachkopf zu sein und mich an eine Schürze zu hängen. Wetter noch einmal! Sie ist ein altes Weib, wenn du in den besten Jahren bist. Das wird ein hübsches Bild geben, wenn eine Schlampe von Frauenzimmer und eine Herde von Schreihälsen dir auf Schritt und Tritt nachlaufen werden.«

O, Alderman Cute verstand gut mit gewöhnlichem Volk umzuspringen!

»Und marsch fort jetzt«, sagte der Alderman, »und geht in euch. Lasst die Dummheit bleiben, am Neujahrstag zu heiraten. Ihr werdet ganz anders denken, wenn das nächste neue Jahr kommt. Ein hübscher, junger Bursche wie du, dem alle Mädel nachschauen! Also, marsch, fort mit euch!«

Und sie gingen. Nicht Arm in Arm oder Hand in Hand oder fröhliche Blicke wechselnd, sondern sie in Tränen, er düster und niedergeschlagen. Waren das die Herzen, die noch vor Kurzem aus Trübseligkeit gerissen und vor Freude außer Rand und Band waren? Nein, nein! Der Alderman, Gottes Segen auf sein Haupt, hatte ihre Freude ausgerottet.

»Da Ihr gerade hier seid«, fuhr der Alderman zu Toby gewendet fort, »könnt Ihr mir einen Brief besorgen. Könnt Ihr schnell laufen? Ihr seid ein alter Mann.«

Toby, der ganz geistesabwesend Meg nachgeblickt, beteuerte, dass er sehr schnell und außerordentlich kräftig sei.

»Wie alt?«, verhörte ihn der Alderman.

»Ich bin über sechzig, Sir«, antwortete Toby.

»O, dieser Mann ist ein gutes Stück über das mittlere Alter hinaus«, rief Mr Filer in einem Tone aus, als ob auch das seine Geduld auf eine harte Probe stelle und die Sache denn doch zu weit treiben heiße.

»Ich fürchte, ich bin Ihnen lästig, Sir«, sagte Toby, »ich befürchtete es schon heute Morgen. O mein Gott!«

Der Alderman schnitt ihm kurz das Wort ab und nahm einen Brief aus der Tasche. Toby würde auch einen Shilling bekommen haben, da aber Mr Filer klar bewies, dass man in diesem Falle eine gegebene Anzahl Personen um so und so viel per Kopf berauben würde, so bekam er nur einen Sixpence. Er war noch zu Tod froh, dass er den bekam.

Dann hängte sich der Alderman in seine beiden Freunde ein und stieg davon – aufgeblasen wie ein Truthahn. Gleich darauf aber kam er allein zurück, als hätte er etwas vergessen:

»Dienstmann!«

»Sir?«

»Haben Sie ein Auge auf Ihre Tochter. Sie ist viel zu hübsch.«

Selbst ihr hübsches Gesicht muss sie wohl jemand gestohlen haben, dachte Toby und sah sich den halben Shilling in seiner Hand an und dachte über den Kuttelfleck nach.

»Sie hat wahrscheinlich fünfhundert Damen jeder einen Reiz gestohlen. Es ist wirklich schrecklich.«

»Sie ist viel zu hübsch, Mann«, wiederholte der Alderman. »Das wird kein gutes Ende nehmen. Passen Sie auf, was ich sage. Nehmen Sie sie gut in acht.«

Damit eilte er wieder fort.

»Unheil auf allen Wegen und Stegen – Unheil, wohin man

auch blickt«, sagte Trotty und rang die Hände. »In Sünden geboren, es ist kein Geschäft auf der Welt.«

Da fielen die Glocken dröhnend ein, mit lautem, tiefem Klang. Aber sie gossen keinen Trost in sein Herz. Nein, nicht einen Tropfen.

»Sie haben einen andern Klang«, jammerte der alte Mann, »es ist kein Wort mehr drin von all den schönen Träumen. Und wozu denn auch. Es ist kein Geschäft hier unten. Im neuen Jahr nicht und nicht im alten. Ich möchte mich hinlegen und sterben.«

Und immer noch dröhnten die Glocken, dass die Luft erbebte.

»Rottet aus, gute Zeit, alte Zeit, Daten und Zahlen, Daten und Zahlen. Rottet aus, rottet aus.« Immer wieder heulten sie es in die Luft, bis Toby ganz schwindlig wurde. Er presste seinen wirren Kopf, der ihm zu zerspringen drohte, zwischen die beiden Hände. Und das geschah zur rechten Zeit, denn in der einen Hand fand Toby den Brief, der ihn an seinen Auftrag erinnerte. Da fiel er mechanisch in seinen Trott und trabte davon.

Unterwegs und wieder daheim

Und wieder hier draußen ein neues Jahr –
Was werden die Tage bringen?!
Wird's werden, wie es immer war,
Halb scheitern, halb gelingen?

Wird's fördern das, worauf ich gebaut,
Oder vollends es verderben?
Gleichviel, was es im Kessel braut,
Nur wünsch' ich nicht zu sterben.

Ich möchte noch wieder im Vaterland
Die Gläser klingen lassen
Und wieder noch des Freundes Hand
Im Einverständnis fassen.

Ich möchte noch wirken und schaffen und tun
Und atmen eine Weile,
Denn um im Grabe auszuruhn,
Hat's nimmer Not und Eile.

Ich möchte leben, bis all dies Glühn
Rückläßt einen leuchtenden Funken
Und nicht vergeht wie die Flamm' im Kamin,
Die eben zu Asche gesunken.

EDUARD MÖRIKE

Zum Neuen Jahr

Wie heimlicherweise
ein Engelein leise
mit rosigen Füßen
die Erde betritt,
so nahte der Morgen.
Jauchzt ihm, ihr Frommen,
ein heilig Willkommen!
Ein heilig Willkommen!
Herz jauchze du mit!

In ihm sei's begonnen,
der Monde und Sonnen
an blauen Gezeiten
des Himmels bewegt!
Du, Vater, du rate!
Lenke du und wende!
Herr, dir in die Hände
sei Anfang und Ende,
sei alles gelegt!

Mag da draußen Schnee sich thürmen,
Mag es hageln, mag es stürmen …

RAINER MARIA RILKE

Wintermorgen

Der Wasserfall ist eingefroren,
die Dohlen hocken hart am Teich.
Mein schönes Lieb hat rote Ohren
und sinnt auf einen Schelmenstreich.

Die Sonne küßt uns. Traumverloren
schwimmt im Geäst ein Klang in Moll;
und wir gehn fürder, alle Poren
vom Kraftarom des Morgens voll.

Ein Winterabend

Wenn der Schnee ans Fenster fällt,
Lang die Abendglocke läutet,
Vielen ist der Tisch bereitet
Und das Haus ist wohlbestellt.

Mancher auf der Wanderschaft
Kommt ans Tor auf dunklen Pfaden.
Golden blüht der Baum der Gnaden
Aus der Erde kühlem Saft.

Wanderer tritt still herein;
Schmerz versteinerte die Schwelle.
Da erglänzt in reiner Helle
Auf dem Tische Brot und Wein.

FRIEDRICH GÜLL

Will sehen was ich weiß
Vom Büblein auf dem Eis

Gefroren hat es heuer noch gar kein festes Eis.
Das Büblein steht am Weiher und spricht so zu sich leis:
»Ich will es einmal wagen,
Das Eis, es muß doch tragen.« –
Wer weiß?

Das Büblein stampft und hacket mit seinem Stiefelein.
Das Eis auf einmal knacket, und krach! schon bricht's hinein.
Das Büblein platscht und krabbelt
Als wie ein Krebs und zappelt
Mit Schrein.

»O helft, ich muß versinken in lauter Eis und Schnee!
O helft, ich muß ertrinken im tiefen, tiefen See!«
Wär nicht ein Mann gekommen,
Der sich ein Herz genommen,
O weh!

Der packt es bei dem Schopfe und zieht es dann heraus:
Vom Fuße bis zum Kopfe wie eine Wassermaus.
Das Büblein hat getropfet,
Der Vater hat's geklopfet
Zu Haus.

Harzreise im Winter

Dem Geier gleich,
Der auf schweren Morgenwolken
Mit sanftem Fittich ruhend
Nach Beute schaut,
Schwebe mein Lied.

Denn ein Gott hat
Jedem seine Bahn
Vorgezeichnet,
Die der Glückliche
Rasch zum freudigen
Ziele rennt:
Wem aber Unglück
Das Herz zusammenzog,
Er sträubt vergebens
Sich gegen die Schranken
Des ehernen Fadens,
Den die doch bittre Schere
Nur Einmal lös't.

In Dickichts-Schauer
Drängt sich das rauhe Wild,
Und mit den Sperlingen
Haben längst die Reichen
In ihre Sümpfe sich gesenkt.

Leicht ist's folgen dem Wagen,
Den Fortuna führt,
Wie der gemächliche Troß
Auf gebesserten Wegen
Hinter des Fürsten Einzug.

Aber abseits wer ist's?
In's Gebüsch verliert sich sein Pfad,
Hinter ihm schlagen
Die Sträuche zusammen,
Das Gras steht wieder auf,
Die Öde verschlingt ihn.

Ach wer heilet die Schmerzen
Des, dem Balsam zu Gift ward?
Der sich Menschenhaß
Aus der Fülle der Liebe trank!
Erst verachtet, nun ein Verächter,
Zehrt er heimlich auf
Seinen eignen Wert
In ung'nügender Selbstsucht.

Ist auf deinem Psalter,
Vater der Liebe, ein Ton
Seinem Ohre vernehmlich,
So erquicke sein Herz!
Öffne den umwölkten Blick
Über die tausend Quellen
Neben dem Durstenden
In der Wüste.

Der du der Freuden viel schaffst,
Jedem ein überfließend Maß,
Segne die Brüder der Jagd
Auf der Fährte des Wilds,
Mit jugendlichem Übermut
Fröhlicher Mordsucht,
Späte Rächer des Unbilds,
Dem schon Jahre vergeblich
Wehrt mit Knütteln der Bauer.

Aber den Einsamen hüll'
In deine Goldwolken,
Umgib mit Wintergrün,
Bis die Rose wieder heranreift,
Die feuchten Haare,
O Liebe, deines Dichters!

Mit der dämmernden Fackel
Leuchtest du ihm
Durch die Furten bei Nacht,
Über grundlose Wege
Auf öden Gefilden;
Mit dem tausendfarbigen Morgen
Lachst du in's Herz ihm;
Mit dem beizenden Sturm
Trägst du ihn hoch empor;
Winterströme stürzen vom Felsen
In seine Psalmen,
Und Altar des lieblichsten Danks
Wird ihm des gefürchteten Gipfels
Schneebehangner Scheitel,
Den mit Geisterreihen
Kränzten ahndende Völker.

Du stehst mit unerforschtem Busen
Geheimnisvoll offenbar
Über der erstaunten Welt,
Und schaust aus Wolken
Auf ihre Reiche und Herrlichkeit,
Die du aus den Adern deiner Brüder
Neben dir wässerst.

Eislauf

Auf spiegelndem Teiche
zieh' ich spiegelnde Gleise.
Der Kauz ruft leise.
Der Mond, der bleiche,
liegt über dem Teiche.

Im raschelnden Schilfe,
da weben die Mären,
da lachet der Sylphe
in silbernen Zähren,
tief innen im Schilfe.

Hei, fröhliches Kreisen,
dem Winde befohlen!
Glückseliges Reisen,
die Welt an den Sohlen,
in eigenen Kreisen!

Vergessen, vergeben,
im Mondlicht baden;
hingaukeln und schweben
auf nächtigen Pfaden!
Sich selber nur leben!

Landschaft

Rote Mühlen stehen an verschneitem Ufer:
Grüne Wellen tragen Eis statt gelben Schaum.
Schwarze Vögel, Unglückskünder, Unheilrufer,
Hocken hoch und schwer in einem hohlen Baum.

O wie viele Tiere im Gezweige nisten:
Meine bösen Stunden aber sind noch mehr.
Sorgenvögel müssen dort ihr Leben fristen:
Spähen durch die Silberäste hin und her.

Und ich weiß es nicht, ist so etwas ein Traum?
Denn ich baue ihn empor, den kahlen Baum!
Doch die fremden Vögel kamen ungerufen:
Ich kenne keine Fernen, die sie schufen.

Plötzlich drehen sich die Räder meiner Mühlen:
Bloß für einen Augenblick erbraust der Sturm.
Jetzt muß ich die Vögel in mir selber fühlen:
Weiter schleicht der eisgefleckte Wasserwurm.

Der Gärtner an den Garten im Winter

Eine Idylle

In Silberhüllen eingeschleiert
  Steht jetzt der Baum,
Und strecket seine nackten Äste
  Dem Himmel zu.

Wo jüngst das reife Gold des Fruchtbaums
  Geblinket, hängt
Jetzt Eis herab, das keine Sonne
  Zerschmelzen kann.

Entblättert steht die Rebenlaube,
  Die mich in Nacht
Verschloß, wenn Phöbus flammenatmend
  Herniedersah.

Das Blumenbeet, wo Florens Töchter
  In Morgenrot
Gekleidet, Wohlgeruch verhauchten,
  Versinkt in Schnee.

Nur du, mein kleiner Buchsbaum, pflanzest
  Dein grünes Haupt
Dem Frost entgegen, und verhöhnest
  Des Winters Macht.

Mit Goldschaum überzogen, funkelst
  Du an der Brust
Des Mädchens, das die Dorfschalmeie
  Zum Tanze ruft.

Ruh sanft, mein Garten, bis der Frühling
  Zur Erde sinkt,
Und Silberkränze auf die Wipfel
  Der Bäume streut.

Dann gaukelt Zephyr in den Blüten,
  Und küsset sie,
Und weht mir mit den Düften Freude
  In meine Brust.

Unterm weißen Baume sitzend

Unterm weißen Baume sitzend
Hörst du fern die Winde schrillen,
Siehst wie oben stumme Wolken
Sich in Nebeldecken hüllen;

Siehst, wie unten ausgestorben
Wald und Flur, wie kahl geschoren; –
Um dich Winter, in dir Winter,
Und dein Herz ist eingefroren.

Plötzlich fallen auf dich nieder
Weiße Flocken, und verdrossen
Meinst du schon mit Schneegestöber
Hab' der Baum dich übergossen.

Doch es ist kein Schneegestöber,
Merkst es bald mit freud'gem Schrecken;
Duft'ge Frühlingsblüthen sind es,
Die dich necken und bedecken.

Welch ein schauersüßer Zauber!
Winter wandelt sich in Maye,
Schnee verwandelt sich in Blüthen,
Und dein Herz es liebt aufs Neue.

Frühlingstraum

Ich träumte von bunten Blumen,
So wie sie wohl blühen im Mai.
Ich träumte von grünen Wiesen,
Von lustigem Vogelgeschrei.

Und als die Hähne krähten,
Da ward mein Auge wach;
Da war es kalt und finster,
Es schrieen die Raben vom Dach.

Doch an den Fensterscheiben,
Wer malte die Blätter da?
Ihr lacht wohl über den Träumer,
Der Blumen im Winter sah?

Ich träumte von Lieb um Liebe,
Von einer schönen Maid,
Von Herzen und von Küssen,
Von Wonn' und Seligkeit.

Und als die Hähne krähten,
Da ward mein Herze wach;
Nun sitz ich hier alleine
Und denke dem Traume nach.

Die Augen schließ ich wieder,
Noch schlägt das Herz so warm.
Wann grünt ihr Blätter am Fenster?
Wann halt ich dich, Liebchen, im Arm?

Winternacht

Verschneit liegt rings die ganze Welt,
Ich hab nichts, was mich freuet,
Verlassen steht der Baum im Feld,
Hat längst sein Laub verstreuet.

Der Wind nur geht bei stiller Nacht
Und rüttelt an dem Baume,
Da rührt er seinen Wipfel sacht
Und redet wie im Traume.

Er träumt von künftger Frühlingszeit,
Von Grün und Quellenrauschen,
Wo er im neuen Blütenkleid
Zu Gottes Lob wird rauschen.

Mag da draußen Schnee sich thürmen

Mag da draußen Schnee sich thürmen,
Mag es hageln, mag es stürmen,
Klirrend mir an's Fenster schlagen,
Nimmer will ich mich beklagen,
Denn ich trage in der Brust
Liebchens Bild und Frühlingslust.

Verheißung

Fühlst du durch die Winternacht,
Durch der kalten Sternlein Zittern,
Durch der Eiscrystalle Pracht,
Wie sie flimmern und zersplittern:
Fühlst nicht wehen laue Mahnung,
Keimen leise Frühlingsahnung?

Drunten schläft der Frühlingsmorgen,
Quillt in gärenden Gewalten
Und, ob heute noch verborgen,
Sprengt er rings das Eis in Spalten:
Und in wirbelnd lauem Wehen
Braust er denen, die's verstehen.

Hörst du aus der Worte Hall,
Wie sie kühn und trotzig klettern,
Und mit jugendlichem Prall
Klirrend eine Welt zerschmettern:
Hörst du nicht die leise Mahnung,
Warmen Lebensfrühlings Ahnung?

Kling, Glöckchen, klingelingeling …

SANKT MARTIN

Volkslied aus dem Rheinland

2. Im Schnee saß, im Schnee saß,
im Schnee, da saß ein alter Mann,
hatt' Kleider nicht, hatt' Lumpen an.
»O helft mir doch in meiner Not,
sonst ist der bitt're Frost mein Tod!«

3. Sankt Martin, Sankt Martin,
Sankt Martin zog die Zügel an,
sein Ross stand still beim armen Mann.
Sankt Martin mit dem Schwerte teilt'
den warmen Mantel unverweilt.

4. Sankt Martin, Sankt Martin,
Sankt Martin gab den halben still,
der Bettler rasch ihm danken will.
Sankt Martin aber ritt in Eil'
hinweg mit seinem Mantelteil.

SCHNEEFLÖCKCHEN, WEISSRÖCKCHEN

Text: nach Hedwig Haberkorn
Melodie: altes Kinderlied

2. Komm, setz dich ans Fenster,
du lieblicher Stern,
malst Blumen und Blätter,
wir haben dich gern.

3. Schneeflöckchen, du deckst uns
die Blümelein zu,
dann schlafen sie sicher
in himmlischer Ruh.

4. Schneeflöckchen, Weißröckchen,
komm zu uns ins Tal,
dann baun wir den Schneemann
und werfen den Ball.

LEISE RIESELT DER SCHNEE

Text: Eduard Ebel
Melodie: Volksweise

2. In den Herzen ist's warm,
still schweigt Kummer und Harm,
Sorge des Lebens verhallt,
freue dich, Christkind kommt bald!

3. Bald ist heilige Nacht,
Chor der Engel erwacht,
hört nur, wie lieblich es schallt:
Freue dich, Christkind kommt bald!

IN EINEM KLEINEN APFEL

Volkslied

2. In jedem Stübchen wohnen
zwei Kernchen schwarz und fein,
die liegen drin und träumen
vom lieben Sonnenschein.

3. Sie träumen auch noch weiter
gar einen schönen Traum,
wie sie einst werden hängen
am lieben Weihnachtsbaum.

JUCHHE, DER ERSTE SCHNEE

Volkslied

2. Juchhe, juchhe,
erstarrt sind Bach und See!
Herbei von allen Seiten
aufs glitzerblanke Eis,
dahin-, dahinzugleiten
nach alter froher Weis'!

3. Juchhe, juchhe,
jetzt locken Eis und Schnee!
Der Winter kam gezogen
mit Freuden mannigfalt,
spannt seinen weißen Bogen
weit über Feld und Wald.

ADVENT, ADVENT, EIN LICHTLEIN BRENNT

O TANNENBAUM

Text: August Zarnack und Ernst Anschütz
Melodie: Volksweise aus dem 18. Jahrhundert

2. O Tannenbaum, o Tannenbaum,
du kannst mir sehr gefallen!
Wie oft hat nicht zur Weihnachtszeit
ein Baum von Dir mich hoch erfreut!
O Tannenbaum, o Tannenbaum,
du kannst mir sehr gefallen!

3. O Tannenbaum, o Tannenbaum,
dein Kleid will mich was lehren:
Die Hoffnung und Beständigkeit
gibt Trost und Kraft zu jeder Zeit.
O Tannenbaum, o Tannenbaum,
das will dein Kleid mich lehren.

KLING, GLÖCKCHEN, KLINGELINGELING

Text: Karl Enslin
Melodie: Benedikt Widmann

2. Kling, Glöckchen, klingelingeling,
kling, Glöckchen, kling!
Mädchen hört und Bübchen,
macht mir auf das Stübchen,
bring euch viele Gaben,
sollt euch dran erlaben.
Kling, Glöckchen, klingelingeling,
kling, Glöckchen, kling!

3. Kling, Glöckchen, klingelingeling,
kling, Glöckchen, kling!
Hell erglühn die Kerzen,
öffnet mir die Herzen!
Will drin wohnen fröhlich,
frommes Kind, wie selig.
Kling, Glöckchen, klingelingeling,
kling, Glöckchen, kling!

LASST UNS FROH UND MUNTER SEIN

Volkslied

2. Dann stell ich den Teller auf,
Niklaus legt gewiss was drauf.
Lustig, lustig …

3. Wenn ich schlaf, dann träume ich:
Jetzt bringt Niklaus was für mich.
Lustig, lustig …

4. Wenn ich aufgestanden bin,
lauf ich schnell zum Teller hin.
Lustig, lustig …

5. Niklaus ist ein guter Mann,
den man nicht genug loben kann.
Lustig, lustig …

MORGEN KOMMT DER WEIHNACHTSMANN

Text: Hoffmann von Fallersleben
Melodie: Volksweise

2. Bring uns, lieber Weihnachtsmann,
bring auch morgen, bringe
einen Stall mit viel Getier,
Zottelbär und Pantertier,
Ross und Esel, Schaf und Stier,
lauter schöne Dinge.

3. Doch du weißt ja unsern Wunsch,
kennest unsre Herzen.
Kinder, Vater und Mama,
auch sogar der Großpapa,
alle, alle sind wir da,
warten dein mit Schmerzen.

WAS BRINGT DER WEIHNACHTSMANN?

Text: Hoffmann von Fallersleben
Melodie: Schlesische Volksweise

2. Was bringt der Weihnachtsmann Mathildchen,
Weihnachtsmann?
Ausgeschnittne bunte Bildchen
bringt der Weihnachtsmann Mathildchen,
Weihnachtsmann.

3. Was bringt der Weihnachtsmann Johannen,
Weihnachtsmann?
Teller, Schüsseln, Näpf' und Kannen
bringt der Weihnachtsmann Johannen,
Weihnachtsmann.

4. Was bringt der Weihnachtsmann Agathen,
Weihnachtsmann?
Eine Schachtel voll Dukaten
bringt der Weihnachtsmann Agathen,
Weihnachtsmann.

5. »Was bringst du, Weihnachtsmann, denn mir noch,
Weihnachtsmann?«
»Überlasse du das mir doch!
Was du wünschest, bringt auch dir noch
Weihnachtsmann.«

AM WEIHNACHTSBAUM DIE LICHTER BRENNEN

Text: Hermann Kletke
Melodie: Volksweise

2. Die Kinder stehen mit hellen Blicken,
das Auge lacht, es lacht das Herz,
o fröhlich seliges Entzücken!
Die Alten schauen himmelwärts.

3. Zwei Engel sind hereingetreten,
kein Auge hat sie kommen sehn,
sie gehn zum Weihnachtstisch und beten
und wenden wieder sich und gehn.

4. »Gesegnet seid, ihr alten Leute,
gesegnet sei, du kleine Schar!
Wir bringen Gottes Segen heute
dem braunen wie dem weißen Haar.

5. Zu guten Menschen, die sich lieben,
schickt uns der Herr als Boten aus,
und seid ihr treu und fromm geblieben,
wir treten wieder in dies Haus.«

6. Kein Ohr hat ihren Spruch vernommen,
unsichtbar jedes Menschen Blick
sind sie gegangen wie gekommen,
doch Gottes Segen blieb zurück.

FRÖHLICHE WEIHNACHT ÜBERALL

Text: Hoffmann von Fallersleben
Melodie: aus England, 19. Jahrhundert

2. »Fröhliche Weihnacht überall« …
Licht auf dunklem Wege, unser Licht bist du,
denn du führst, die dir vertraun, ein zu sel'ger Ruh'.

3. »Fröhliche Weihnacht überall« …
Was wir andern taten, sei getan für dich,
dass bekennen jeder muss, Christkind kam für mich.

WER KLOPFET AN?

2. (2. Wirt:)
Wer vor der Tür? »Ein Weib mit ihrem Mann.«
Was wollt ihr denn? »Hört unser Bitten an!
Lasset heut bei Euch uns wohnen,
Gott wird Euch schon alles lohnen!«
Was zahlt ihr mir? »Kein Geld besitzen wir!«
Dann geht von hier! »O, öffnet uns die Tür!«
Ei, macht mir kein Ungestüm,
da packt euch, geht woanders hin!

3. (3. Wirt:)
Was weinet ihr? »Vor Kält' erstarren wir.«
Wer kann dafür? »O, gebt uns doch Quartier!
Überall sind wir verstoßen, jedes Tor ist uns verschlossen!«
So bleibt halt drauß'! »O, öffnet uns das Haus!«
Da wird nichts draus. »Zeigt uns ein andres Haus.«
Dort geht hin zur nächsten Tür!
Ich hab nicht Platz, geht nur von hier!

4. (4. Wirt:)
Da geht nur fort! »O, Freund, wohin? Wo aus?«
Ein Viehstall dort! »Geh, Joseph, nur hinaus!
O, mein Kind, nach Gottes Willen
musst du schon die Armut fühlen.«
Jetzt packt euch fort! »O, dies sind harte Wort'!«
Zum Viehstall dort! »O, wohl ein schlechter Ort!«
Ei, der Ort ist gut für Euch;
Ihr braucht nicht viel. Da geht nur gleich!

MARIA DURCH EIN' DORNWALD GING

Volkslied aus dem 16. Jahrhundert

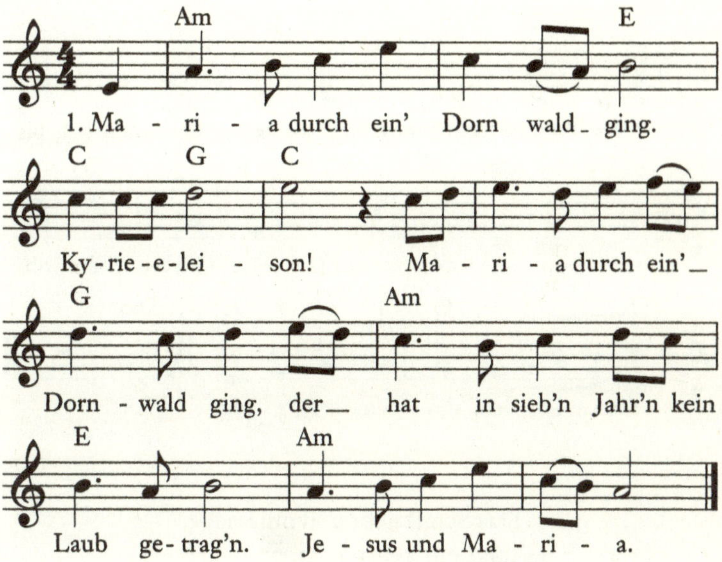

2. Was trug Maria unter ihrem Herzen?
Kyrieeleison!
Ein kleines Kindlein ohne Schmerzen,
das trug Maria unter ihrem Herzen.
Jesus und Maria.

3. Da haben die Dornen Rosen getragen.
Kyrieeleison!
Als das Kindlein durch den Wald getragen,
da haben die Dornen Rosen getragen.
Jesus und Maria.

ES KOMMT EIN SCHIFF, GELADEN

Andernacher Gesangbuch

2. Das Schiff geht still im Triebe,
es trägt ein' teure Last,
das Segel ist die Liebe,
der Heilig' Geist der Mast.

3. Der Anker haft' auf Erden,
da ist das Schiff am Land.
Das Wort tut Fleisch uns werden,
der Sohn ist uns gesandt.

4. Zu Bethlehem geboren
im Stall ein Kindelein,
gibt sich für uns verloren;
gelobet muss es sein.

5. Und wer dies Kind mit Freuden
umfangen, küssen will,
muss vorher mit ihm leiden
groß' Pein und Marter viel,

6. danach mit ihm auch sterben
und geistlich auferstehn,
ewigs Leben zu erben,
wie an ihm ist geschehn.

WIE SCHÖN LEUCHTET DER MORGENSTERN

Text und Melodie: Philipp Nicolai

2. Ei meine Perl', du werte Kron',
wahr' Gottes und Marien Sohn,
ein hochgeborner König!
Mein Herz heißt dich ein' Himmelsblum';
dein süßes Evangelium
ist lauter Milch und Honig.
Ei, mein Blümlein,
Hosianna!
Himmlisch' Manna,
das wir essen,
deiner kann ich nicht vergessen.

3. Geuß sehr tief in das Herz hinein,
du leuchtend Kleinod, edler Stein,
mit deiner Liebe Flamme,
dass ich, o Herr, ein Gliedmaß bleib
an deinem auserwählten Leib,
ein Zweig an deinem Stamme.
Nach dir wallt mir
mein Gemüte,
ew'ge Güte,
bis es findet
dich, des Liebe mich entzündet.

4. Von Gott kommt mir ein Freudenschein,
wenn du mich mit den Augen dein
gar freundlich tust anblicken.
O Herr Jesu, mein trautes Gut,
dein Wort, dein Geist, dein Leib und Blut
mich innerlich erquicken.
Nimm mich freundlich
in dein' Arme;
Herr, erbarme
dich in Gnaden;
auf dein Wort komm ich geladen.

5. Herr Gott, Vater, mein starker Held,
du hast mich ewig vor der Welt
in deinem Sohn geliebet.
Dein Sohn hat mich ihm selbst vertraut,
er ist mein Schatz, ich seine Braut,
drum mich auch nichts betrübet.
Eia, eia,
himmlisch' Leben
wird er geben
mir dort oben;
ewig soll mein Herz ihn loben.

6. Zwingt die Saiten in Cythara
und lasst die süße Musica
ganz freudenreich erschallen,
dass ich möge mit Jesulein,
dem wunderschönen Bräut'gam mein,
in steter Liebe wallen.
Singet, springet,
jubilieret,
triumphieret,
dankt dem Herren;
groß ist der König der Ehren.

7. Wie bin ich doch so herzlich froh,
dass mein Schatz ist das A und O,
der Anfang und das Ende.
Er wird mich doch zu seinem Preis
aufnehmen in das Paradeis;
des klopf ich in die Hände.
Amen, Amen,
komm, du schöne
Freudenkrone,
bleib nicht lange,
deiner wart ich mit Verlangen.

ES IST EIN ROS' ENTSPRUNGEN

Text: geistlicher Dichter, 15. Jahrhundert
Melodie: 15. Jahrhundert

2. Das Röslein, das ich meine,
davon Jesaja sagt,
hat uns gebracht alleine
Marie, die reine Magd.
Aus Gottes ew'gem Rat
hat sie ein Kind geboren
wohl zu der halben Nacht.

3. Das Blümelein so kleine,
das duftet uns so süß,
mit seinem hellen Scheine
vertreibt's die Finsternis.
Wahr' Mensch und wahrer Gott,
hilft uns aus allem Leide,
rettet von Sünd' und Tod.

4. Wir bitten dich von Herzen,
du edle Königin,
durch deines Sohnes Schmerzen,
wann wir fahren dahin
aus diesem Jammertal,
du wollest uns begleiten
bis an der Engel Saal!

5. So singen wir all' Amen,
das heißt: Nun werd' es wahr,
das wir begehrn allsammen:
O Jesu, hilf uns dar
in deines Vaters Reich!
Darin wolln wir dich loben:
O Gott, uns das verleih!

ALS ICH BEI MEINEN SCHAFEN WACHT'

Text und Melodie: nach Friedrich von Spee

2. Er sagt', es soll geboren sein
zu Bethlehem ein Kindelein.

3. Er sagt', das Kind liegt dort im Stall
und soll die Welt erlösen all'.

4. Als ich das Kind im Stall gesehn,
nicht wohl konnt ich von dannen gehn.

5. Das Kind zu mir sein' Äuglein wandt',
mein Herz gab ich in seine Hand.

6. Demütig küsst' ich seine Füß',
davon mein Mund ward zuckersüß.

7. Als ich heimging, das Kind wollt' mit
und wollt' von mir abweichen nit.

8. Das Kind legt' sich an meine Brust
und macht' mir da all' Herzenslust.

9. Den Schatz muss ich bewahren wohl,
so bleibt mein Herz der Freuden voll.

VOM HIMMEL HOCH, DA KOMM ICH HER

Text und Melodie: Martin Luther

2. Euch ist ein Kindlein heut geborn,
von einer Jungfrau auserkorn,
ein Kindelein so zart und fein,
das soll eu'r Freud und Wonne sein!

3. Es ist der Herr Christ, unser Gott,
der will euch führn aus aller Not.
Er will eu'r Heiland selber sein,
von allen Sünden machen rein.

4. Lob, Ehr' sei Gott im höchsten Thron,
der uns schenkt seinen eignen Sohn;
des freuet sich der Engel Schar
und singet uns solch neues Jahr

AUF DEM BERGE, DA WEHET DER WIND

Text: Nach Christoph August Tiedge
Melodie: Volkslied aus Oberschlesien

Gm D
soll ich dir denn dein Kind - lein wiegn, ich
Gm D D
kann ja kaum sel - ber die Fin - ger biegn.« Auf dem
G D Em
Ber - ge, da we - het der Wind, da
Am D G
wiegt die Ma - ri - a ihr Kind.
G
Schum - schei, schum - schei.

O HEILAND, REISS DIE HIMMEL AUF

Text: Friedrich von Spee

2. O Gott, ein' Tau vom Himmel gieß,
im Tau herab, o Heiland, fließ.
Ihr Wolken, brecht und regnet aus
den König über Jakobs Haus.

3. O Erd', schlag aus, schlag aus, o Erd',
dass Berg und Tal grün alles werd'.
O Erd', herfür dies Blümlein bring,
o Heiland, aus der Erden spring.

4. Wo bleibst du, Trost der ganzen Welt,
darauf sie all' ihr' Hoffnung stellt?
O komm, ach komm vom höchsten Saal,
komm, tröst uns hie im Jammertal.

5. O klare Sonn', du schöner Stern,
dich wollten wir anschauen gern.
O Sonn', geh auf, ohn' deinen Schein
in Finsternis wir alle sein.

6. Hie leiden wir die größte Not,
vor Augen steht der ewig' Tod.
Ach komm, führ uns mit starker Hand
vom Elend zu dem Vaterland.

7. Da wollen wir all' danken dir,
unserm Erlöser, für und für.
Da wollen wir all' loben dich
je allzeit immer und ewiglich.

LIEB' NACHTIGALL, WACH AUF

Bamberger Gesangbuch

2. Flieg her zum Krippelein!
Flieg her, du kleines Schwesterlein,
blas an dem feinen Psalterlein,
sing, Nachtigall, gar fein!
Dem Kindelein musiziere, koloriere, jubiliere,
sing, sing, sing dem süßen Jesulein!

3. Stimm, Nachtigall, stimm an!
Den Takt gib mit dem Federlein
und freudig schwing die Flügelein,
erstreck dein Hälselein!
Der Schöpfer dein
Mensch will werden mit Gebärden heut auf Erden,
sing, sing, sing dem werten Jesulein!

4. Sing, Nachtigall, ohn' End,
zu vielen hunderttausend Mal
das Kindlein lobe ohne Zahl,
ihm deine Liebe send'!
Dem Heiland mein Ehr' erweise,
lob' und preise, laut und leise,
sing, sing, sing dem Christuskindelein!

SÜSSER DIE GLOCKEN NIE KLINGEN

Text: Friedrich Wilhelm Kritzinger
Melodie: Volksweise

2. Und wenn die Glocken dann klingen,
gleich sie das Christkindlein hört,
Tut sich vom Himmel dann schwingen,
eilet hernieder zur Erd',
segnet den Vater, die Mutter, das Kind,
segnet den Vater, die Mutter, das Kind.
Glocken mit heiligem Klang,
klinget die Erde entlang!

3. Klinget mit lieblichem Schalle
über die Meere noch weit,
dass sich erfreuen doch alle
seliger Weihnachtszeit!
Alle dann jauchzen mit frohem Gesang!
Alle dann jauchzen mit frohem Gesang!
Glocken mit heiligem Klang,
klinget die Erde entlang!

HEILIGSTE NACHT

2. Göttliches Kind! Göttliches Kind!
Du, der gottseligen Väter Verlangen,
Zweig, so der Wurzel des Jesse entsprießt,
lass dich mit inniger Liebe umfangen,
sei uns mit herzlicher Demut gegrüßt!
Göttlicher Heiland, der Christenheit Haupt,
was uns der Sündenfall Adams geraubt,
schenket uns deine Huld,
sie tilgt die Sündenschuld
jedem, der glaubt, jedem, der glaubt.

3. Liebreiches Kind! Liebreiches Kind!
Reu' und Zerknirschung, die bring ich zur Gabe,
will nie mehr lassen von Gott, meinem Heil.
Jesus, dich lieb ich! O wenn ich dich habe,
hab ich den besten, den göttlichen Teil.
Außer dir möge mich nichts mehr erfreun,
denn ich verlange vereinigt zu sein
nur mit dir, Göttlicher!
Du bist mein Gott und Herr
und ich bin dein, und ich bin dein.

STILL, STILL, STILL, WEIL'S KINDLEIN SCHLAFEN WILL

Melodie: aus Salzburg

2. Schlaf, schlaf, schlaf,
mein liebes Kindlein, schlaf!
Die Englein tun schön musizieren,
bei dem Kindlein jubilieren.
Schlaf, schlaf, schlaf,
mein liebes Kindlein schlaf.

3. Groß, groß, groß,
die Lieb' ist übergroß!
Gott hat den Himmelsthron verlassen
und muss reisen auf der Straßen.
Groß, groß, groß,
die Lieb' ist übergroß.

4. Wir, wir, wir
tun rufen all' zu dir:
Tu uns des Himmels Reich aufschließen,
wenn wir einmal sterben müssen.
Wir, wir, wir,
wir rufen all zu dir.

DES JAHRES LETZTE STUNDE

Text: Johann Heinrich Voß
Melodie: Johann Abraham Peter Schulz

2. Wer weiß, wie mancher modert
ums Jahr, versenkt ins Grab!
Unangemeldet fordert
der Tod die Menschen ab.
Trotz lauem Frühlingswetter
wehn oft verwelkte Blätter.
Wer von uns nachbleibt, wünscht dem Freund
im stillen Grabe Ruh' und weint.
Wer von uns nachbleibt, wünscht dem Freund
im stillen Grabe Ruh' und weint.

3. Auf, auf, seid frohen Mutes,
auch wenn uns Trennung droht!
Wer gut ist, findet Gutes
im Leben und im Tod!
Dort sammeln wir uns wieder
und singen Wonnelieder!
Schlagt ein und: Gut sein immerdar!
sei unser Wunsch zum neuen Jahr!
Schlagt ein und: Gut sein immerdar!
sei unser Wunsch zum neuen Jahr!

Die in Anführungen stehenden Titel sind von der Herausgeberin frei gewählt.

HELENE BÖHLAU (1859–1940)
»Rohrmoos im Winter«
Aus: Dies.: *Der Rangierbahnhof*. Egon Fleischel & Co., Berlin 1913.

WILHELM BUSCH (1832–1908)
Der Stern
Aus: Ders.: *Schein und Sein*. Insel, Leipzig 1909.

THEODOR DÄUBLER (1876–1934)
Landschaft
Aus: Ders.: *Dichtungen und Schriften*. Herausgegeben von Friedhelm Kemp. Kösel, München 1956.

CHARLES DICKENS (1812–1870)
Die Silvesterglocken (Auszug)
Aus: Ders.: *Ausgewählte Romane und Geschichten*. Übersetzt von Gustav Meyrink. Albert Langen Verlag, München 1909.

ANNETTE VON DROSTE-HÜLSHOFF (1797–1848)
Neujahrsnacht
Aus: Dies.: *Gesammelte Werke*, Band II: Gedichte. Herausgegeben von Hans Martin Elster. Erich Lichtenstein Verlag, Weimar 1923.

JOSEPH VON EICHENDORFF (1788–1857)
Winternacht
Aus: Ders.: *Sämtliche Gedichte und Versepen.* Herausgegeben von Hartwig Schultz. Insel, Frankfurt am Main 2007.

THEODOR FONTANE (1819–1898)
Heiligabend
Aus: Ders.: *Vor dem Sturm.* Insel, Frankfurt am Main 1982.
Unterwegs und wieder daheim (Auszug)
Aus: Ders.: *Gedichte.* Cotta'sche Buchhandlung, Stuttgart und Berlin 1905.

JOHANN WOLFGANG GOETHE (1749–1832)
Novemberlied
Vier Jahreszeiten. Winter
Harzreise im Winter
Aus: Ders.: *Sämtliche Werke, Briefe, Tagebücher und Gespräche.* Bd. 1 (Frankfurter Ausgabe). Herausgegeben von F. Apel u. a. Frankfurt am Main 1985–2013.
Epiphanias
Aus: *Goethe's Gedichte.* Neue Ausgabe. Cotta'scher Verlag, Stuttgart, Augsburg 1857.
Neujahrslied
Aus. Ders.: *Neue Lieder in Melodien gesetzt von Bernhard Theodor Breitkopf*, Leipzig 1770.

FRIEDRICH GÜLL (1812–1879)
Will sehen was ich weiß
Vom Büblein auf dem Eis
Aus: Ders.: *Mütterchen, erzähl uns was! Erzählungen, Gedichte, Lieder, Spiele, Rätsel und Sprüche für Kinderstube und Kindergarten.* Herausgegeben von Georg Paysen Petersen. Otto Meißner, Hamburg 1894.

GERHART HAUPTMANN (1862–1946)
Eislauf
Aus: Ders.: *Sämtliche Werke*. Herausgegeben von Hans-Egon Hass. Bd. 4: Lyrik und Versepik. Propyläen, Frankfurt am Main und Berlin 1964.

HEINRICH HEINE (1787–1856)
»Unterm weißen Baume sitzend«
Aus: Ders.: *Neue Gedichte*. Hoffmann und Campe, Hamburg 1844.
»Mag da draußen Schnee sich thürmen«
Aus: Ders.: *Buch der Lieder, Die Heimkehr*. Hoffmann und Campe, Hamburg 1827.

GEORG HEYM (1877–1912)
Mitte des Winters
Aus: Ders.: *Dichtungen*. Wolff, München 1922.

HUGO VON HOFMANNSTHAL (1874–1929)
Verheißung
Aus: Ders.: *Sämtliche Werke*. Kritische Ausgabe. Veranst. vom Freien Deutschen Hochstift. Herausgegeben von Rudolf Hirsch u. a. Bd. 2: Gedichte 2. Herausgegeben von Andreas Thomasberger und Eugene Weber. S. Fischer, Frankfurt am Main 1988.

FRIEDRICH HÖLDERLIN (1770–1843)
Winter
Aus: Ders.: *Sämtliche Werke und Briefe*. Herausgegeben von Günter Mieth. Bd. 1: Gedichte. Aufbau, Berlin 1970.

LUDWIG CHRISTOPH HEINRICH HÖLTY (1748–1776)
Der Gärtner an den Garten im Winter
Aus: Ders.: *Der Göttinger Hain*. Herausgegeben von Alfred Kelletat. Reclam, Stuttgart 1984.

PAUL KELLER (1873–1932)
Am stillen Herd
Aus.: Ders.: *Waldwinter*. Bergstadtverlag, Görlitz 1951.

GOTTFRIED KELLER (1819–1890)
Weihnachtsmarkt
Aus: Ders.: *Sämtliche Werke und ausgewählte Briefe*. Bd. 3. 3. Aufl. Wissenschaftliche Buchgesellschaft, Darmstadt 1972.

GERTRUD KOLMAR
(d. i. Gertrud Chodziesner 1894–1943)
Winter
Aus.: Dies.: *Das lyrische Werk*. Kösel, München 1960.

SELMA LAGERLÖF (1858–1940)
Gen Süden! Gen Süden!
Aus: Dies.: *Abenteuer des kleinen Nils Holgersson mit den Wildgänsen*. Hesse & Becker, Leipzig [o. J.].

HERMANN LÖNS (1866–1914)
Der allererste Weihnachtsbaum
Aus: Ders.: *Sämtliche Werke in acht Bänden*. Erster Band. Hesse & Becker, Leipzig 1925.

CONRAD FERDINAND MEYER (1825–1898)
Neujahrsglocken
Aus: Ders: *Sämtliche Werke in zwei Bänden*. Gedichte. Vollständiger Text nach der Ausgabe letzter Hand. Mit einem Nachwort von Erwin Laaths. Winkler, München 1968.

CHRISTIAN MORGENSTERN (1871–1914)
Winter-Idyll
Aus: Ders.: *Werke und Briefe*. Stuttgarter Ausgabe, Komm. Ausg. unter der Leitung von Reinhardt Habel. Herausgegeben von Maurice Cureau u.a. Bd. 1: Lyrik 1887–1905. Urachhaus, Stuttgart 1988.

EDUARD MÖRIKE (1804–1875)
Zum neuen Jahr
Aus: Ders.: *Gedichte*. 3. vermehrte Auflage. Cotta'scher Verlage, Stuttgart und Augsburg 1856.

WILHELM MÜLLER (1794–1827)
Frühlingstraum
Aus: Ders./Franz Schubert: *Die schöne Müllerin. Die Winterreise*. Textausgabe mit einem Nachwort von Rolf Vollmann. Reclam, Stuttgart 2001.

RAINER MARIA RILKE (1875–1926)
An der Ecke
Weihnacht
Wintermorgen
Aus: Ders.: *Sämtliche Werke*. Herausgegeben vom Rilke-Archiv. In Verb. mit Ruth Sieber-Rilke bes. durch Ernst Zinn. Bd. 1 (An der Ecke, Wintermorgen) u. 3 (Weihnacht): Gedichte. Erster Teil. Insel, Wiesbaden 1955.

JOHANN RIST (1607–1667)
Auf die nunmehr angekommene kalte Winterszeit
Aus: Ders.: *Sämtliche Werke*. Herausgegeben von Eberhard Mannack. de Gruyter, Berlin 1967.

THEODOR STORM (1817–1888)
Knecht Ruprecht
Aus: Ders.: *Sämtliche Werke*. Ullstein, Berlin 1924.

GEORG TRAKL (1887–1914)
Im Winter
Aus: Ders.: *Werke. Entwürfe. Briefe.* Herausgegeben von Hans-Georg Kemper und Frank Rainer Max. Nachw. und Bibliogr. von Hans-Georg Kemper. Reclam, Stuttgart 1984.
Ein Winterabend
Aus: Ders.: *Sebastian im Traum.* Kurt Wolff Verlag, Leipzig 1915.

KURT TUCHOLSKY (1890–1935)
Groß-Stadt-Weihnachten
Aus: *Weihnachten mit Kurt Tucholsky.* Herausgegeben von Axel Ruckaberle. Fischer Taschenbuch Verlag, Frankfurt am Main 2010.

PAUL ZECH (1881–1946)
Heilige Winternacht
Aus: Ders.: *Vom schwarzen Revier zur neuen Welt. Gesammelte Gedichte.* Herausgegeben von Henry A. Smith. Fischer Taschenbuch Verlag, Frankfurt am Main 1990.

Sämtliche hier vorliegenden Lieder sind folgender Ausgabe entnommen:
Jauchzet, frohlocket. Die schönsten Weihnachtslieder. Fischer Taschenbuch Verlag, Frankfurt am Main 2006.
Musikpädagogische Beratung: Peter Unbehauen Notensatz: Bibliomania, Frankfurt am Main.

Sämtliche Vignetten sind von Ludwig Richter.